吴景明 著

新世纪文学的历史现场

吉林出版集团股份有限公司
全国百佳图书出版单位

图书在版编目（CIP）数据

新世纪文学的历史现场 / 吴景明著. -- 长春：吉林出版集团股份有限公司，2021.11（2023.1重印）
ISBN 978-7-5731-1039-8

Ⅰ.①新… Ⅱ.①吴… Ⅲ.①中国文学－当代文学－文学研究 Ⅳ.①I206.7

中国版本图书馆CIP数据核字(2021)第274701号

XIN SHIJI WENXUE DE LISHI XIANCHANG
新世纪文学的历史现场

著　　者	吴景明
责任编辑	杨亚仙
装帧设计	刘美丽

出　　版	吉林出版集团股份有限公司
发　　行	吉林出版集团社科图书有限公司
地　　址	吉林省长春市南关区福祉大路5788号　邮编：130118
印　　刷	唐山富达印务有限公司
电　　话	0431-81629711（总编办）
抖 音 号	吉林出版集团社科图书有限公司　37009026326

开　　本	787 mm×1092 mm　1 / 16
印　　张	9.75
字　　数	150 千
版　　次	2021 年 11 月第 1 版
印　　次	2023 年 1 月第 2 次印刷

书　　号	ISBN 978-7-5731-1039-8
定　　价	56.00 元

如有印装质量问题，请与市场营销中心联系调换。0431-81629729

目 录

第一辑 文学史理论

茅盾文学奖与当代文学史现场　　3
新世纪社会转型与底层写作、生态文学的兴起　　10
从"激情呐喊"到"诗意栖居"
　　——生态文学的社会功用与诗性智慧　　24

第二辑 评论现场

莫言小说的戏剧化书写及审美表现　　41
从"形式先锋""民间生存"到"社会现实"
　　——余华小说创作转向论　　58

第三辑 海外汉学

海外中国现当代文学研究与大陆文学史研究范式的转向　　75
全球化时代的"文化自觉"与"五四"重释
　　——张旭东"五四"论述的方法与启示　　89

第四辑 东北文学

与大自然共生共存
　　——新时期东北地域小说生态意识的演进　　107
自然"复魅"与现代性反思
　　——迟子建小说的生态意识　　125
扎根现实生活，反映社会人生
　　——第三届吉林文学奖中短篇小说创作述评　　135

后记　作为学术成长记录的新世纪文学研究　　147

第一辑
文学史理论

茅盾文学奖与当代文学史现场

从1982年第一届茅盾文学奖评选，到2011年第八届茅盾文学奖的尘埃落定，茅盾文学奖（后文简称"茅奖"）已经走过了近三十年的风雨历程。此期间，在社会多元发展、经济转型、审美观念变迁等诸多因素制约下，中国文学日益从中心向边缘滑落，作为文学体系重要组成部分的"茅奖"，其"轰动效应"虽难比往昔，但鉴于长篇小说作为国家文学实力的特殊标志、作家茅盾在新文学史上的崇高地位以及该奖项评奖委员会的权威，"茅奖"毫无疑问地成为中国当代文学的最高奖项之一。

三十年来，鉴于时代情境及"茅奖"参评作品艺术水准均处于历史变动之中，而民众对其的期待却与日俱增，因此，每次评选引发的现实问题与舆论期待之间的落差就在所难免。围绕"茅奖"的历届评选，从评奖程序到评定原则，直至文学史价值，不仅产生了众多纷争，甚至发生了激烈的观念冲突，而这种争论与质疑的本身正是当代文学史鲜活、丰富的重要组成部分。正如诺贝尔文学奖评选者在回顾该奖项的最初评选时所说："由于瑞典文学院在颁发这项国际性大奖的事务上还是'生手'，所以，它的决定年年都遭到了猛烈非议。"[1]在"茅奖"的评选中上述状况也未能幸免。

对"茅奖"内涵的阐释，离不开对茅盾在文学史地位的评价，历史溯源与历史还原正是回归当下"茅奖"话语现场的前提。众所周知，茅盾的文学成就与中国现代长篇小说紧密相连。以《子夜》为代表的长篇小说注重题材和主题的时代性与重大性，自觉地追求"巨大的思想深度"与"广阔的历史内容"的统一，结构宏大而严谨，作品人物众多，情节复杂，线索纷繁交错而又严密完整，标志着中国现代长篇小说艺术的成熟。不仅如此，作为左翼文学的巨匠，茅盾还以小说开创了一个流派——"社会剖析派"[2]。其特点是：对"全般"社会作"缩影式"的描绘，运用社会科学理论对中国社会现象进行深刻剖析，以期创作能从本质上解释生活真实并正确预示社会历史的发展方向。沙汀、艾芜、吴组缃等现代文学名家继承了茅盾开创的"社会剖析派小说"传统，为现代文学史上现实主义文学主流地位的确立奠定了坚实的艺术基础。作为一位不知疲倦的小说艺术探索者，茅盾将毕

---

[1] 若利韦、阿司特隆·斯特龙伯格：《诺贝尔文学奖秘史》，王鸿仁译，中国友谊出版公司，1989，第13页。

[2] 现代文学流派之一，最初由严家炎在1982年给研究生讲课时提出，后在《中国现代小说流派史》（人民文学出版社，1989年版）中正式使用，为现代文学研究界公认。

生精力奉献给了中国新文学评论与文学创作，直至生命的最后时刻。1981年3月，在逝世前两周，茅盾向儿子韦韬口授了一份遗嘱："亲爱的同志们，为了繁荣长篇小说的创作，我将我的稿费二十五万元捐献给作协，作为设立一个长篇小说文艺奖的基金，以奖励每年最优秀的长篇小说。我自知病将不起，我衷心地祝愿我国社会主义文学事业繁荣昌盛！"①这封由韦韬记录、茅盾签名的信不仅被当代文学史记录，更成为设立"茅奖"的依据。

既然茅盾在遗嘱中阐明了设立文学奖的宗旨是"奖励每年最优秀的长篇小说"，所以如何理解"最优秀"这一关键词的内涵就成为评奖的重要标准。鉴于"茅奖"是作家茅盾本人出资设立的奖项，因此在当时的历史语境下，评委们更倾向于从茅盾的文学成就来阐发"遗嘱"所包蕴的内在暗示，认为"最优秀"无疑是对茅盾小说创作特征的承续。曾经担任"茅奖"第一、二、四、五届评委会主任的巴金，虽然没有参加具体的评选工作，但以其与茅盾的半生交往及对文学的深厚素养，在"茅奖"1982年首届授奖大会上指出："最优秀"包括两个标准：第一是"新"，追求题材、主题、人物、取材角度之丰富性的"新现实主义写作"（时代性）；第二是"深"，通过一个人、一个家庭或一个村庄以及其他来反映一个社会或时代的变化时，要在广度上体现出人物形象塑造、生活开掘及思想方面的深度（史诗性）。只

---

①茅盾：《致中国作家协会书记处》，《人民日报》1981年4月1日。

有经得起历史和时间检验之作才是"最优秀"的①。曾参加过三届茅盾文学奖评审的著名文学评论家曾镇南在2000年明确表示："因为茅盾是社会主义现实主义的大作家，他的长篇反映的就是时代，为时代描绘出广阔的社会画卷，茅盾文学奖的评选不可能与茅盾对长篇小说的思想艺术要求及追求风格相背离。"②上述对"茅奖""最优秀"内涵的两个阐释如出一辙，但前后时间却相差18年，足见其观点影响之深。我们只要把历届"茅奖"作品与茅盾的长篇小说创作相比较，就可以发现两者的相似之处，甚至复制意味。可以说"茅奖"深深地打上了"茅盾传统"创作范式的印记，其主要内涵包括现实主义文学传统、"史诗"倾向、"理性化"叙事三个方面③。这三种传统的互渗交汇，不仅构成了茅盾文学奖的重要价值体系与评审原则，更使评委们对"最优秀"达成了共识，因此也从根本上决定了"茅奖"的文学史现状与面貌。"茅盾传统"确实成为"茅奖"的"潜规则"及基本审美特征。但其创作传统的拓展与繁荣，甚至"一枝独秀"局面的形成势必在无意识中对其他类小说叙事传统的发展形成阻碍，甚至因此遮蔽其创新成就，因而"茅奖"难以全面反映中国当代长篇小说的"高峰走势"和"存在真相"，与当代文学史现场产生隔阂也就在所难免。

---

① 巴金：《祝贺与希望——在"茅盾文学奖"首届授奖大会上的讲话》，《人民日报》1982年12月16日。
② 曾镇南：《孰是孰非"茅盾文学奖"》，《深圳商报》2000年9月17日。
③ 王嘉良：《论"茅盾传统"及其对中国新文学的范式意义》，《浙江学刊》2011年第5期。

王晓明指出："茅盾首先是一个革命者，其次才是一个文学家。"①中国现代文学史表明，茅盾最初的人生之梦不是作家，而是政治家、革命家。1921年他成为中国共产党的第一批党员，参与了党的筹建；1925年参加了五卅运动；1926年北伐战争期间任国民党中宣部秘书、中央军事政治学校教官等职。但大革命的失败，却使他深深感受到了幻灭的痛苦，于是文学创作便成为他无力改变现状的精神自救之舟。从《蚀》（1927）的三部曲，到《虹》（1929）、《子夜》（1933）、《腐蚀》（1941）、《霜叶红似二月花》（1942）等长篇小说的创作，体现了他以文学参与社会变革进行革命实践的使命意识。因此，要深入了解"茅奖"的丰富内涵，不仅要与茅盾的文学追求、政治信仰联系起来，还应该与茅盾对十七年文艺创作实践及新中国文艺创作的态度联系起来。作为一位有着深厚文艺理论储备又深谙创作规律的优秀作家，茅盾不可能不了解意识形态对文学创作的影响与制约，作为"五四新文学""十七年文学"和"文革"文学的亲历者，茅盾在"五四"时期从西方引进了现实主义创作方法，并在20世纪30年代使其向"革命现实主义"转化过程中起到了重要作用。茅盾曾坚信中国当代文学的"光明前途"，但事实的发展却出乎他的意料。在大批作家被打倒、所有作品遭批判之后，所谓的"文艺新纪元"导致的却是文坛的一片荒芜。心痛的他于1966年搁笔，以示抗议。1979

---

①王晓明：《惊涛骇浪里的自救之舟——论茅盾的小说创作》，《二十世纪中国文学史论》（第二卷），东方出版中心，1997，第285页。

年，第四次文代会的召开及相关文艺政策的调整，使茅盾相信文艺的"春天"来临了。为此，他不遗余力地强调"如何繁荣社会主义文艺事业"，积极呼吁发扬艺术民主，解放艺术生产力。在担任作协主席期间，他更致力于总结正反两方面的经验，团结一致，努力开创当代文学的"新时代"[①]，"茅奖"的设立表达了他对中国文学真诚的祝愿与预期。因此，才有了遗嘱中对获奖标准的宽泛定义，即把奖授予"最优秀的长篇小说"，而不是题材、主义优先。这在一定意义和程度上，有助于摆脱意识形态对文学的束缚与规约，回归对文学作品自身艺术性品格的重视与尊重。"茅盾并不认为'最优秀'就是创作的顶峰或模式，而是由基本的文学要素辩证地'创新'所体现出来的'最突出'特征，它包括：文学在为社会变革服务时，与时代的发展趋势保持一致，在深入分析和把握生活的基础上，以个性化的典型表现出丰富复杂立体的人格建构，在思想倾向的自然流露中给读者以希望、理想和出路。"[②]茅盾的创作虽然一直遵循现实主义审美原则，但他也从未在任何文章中对其他创作原则进行过否定。遗嘱最后一句所说的"繁荣昌盛"应该是历经劫难对文学仍满怀执着的茅盾对一种真正意义上的"百花齐放"、多元并存、相互交融创作格局的期许与展望。

纵观近三十年的八届"茅奖"评选，仍然存在着一定

[①] 茅盾：《中国作家协会主席茅盾同志的讲话》，《人民文学》1978年第1期。

[②] 任东华：《关于茅盾文学奖的评选标准》，《粤海风》2007年第2期。

程度的"误读","茅奖"面向未来的开放性受到了一定程度的遮蔽。传统积淀形成的文学叙事形态必然在某种程度上阻碍当下的文学创新,使得一些优秀的文学作品未能立刻得到认同,从而被排除在"茅奖"之外,这不仅留下"遗珠之憾",更使"茅奖"显得保守而招致严苛的批判。作为一个面向未来,追求"多样化""开放性"的第一文学大奖,"茅奖"的艺术风格绝不能重复,重复必将导致艺术创作生命力的萎缩。但共同的文化语境、文学传统的运行惯性、总体的审美原则与精神追求,加之社会整体的文化心理积淀等,都使"茅奖"在实际评选中延续了某些基本的审美特征。但正是在一次次的论争与质疑之中,"茅奖"不断"融入"当代文学的创作潮流与文学史现场,这种"融入"不但改变其奖项的外部特征,更深入到它内在的思维逻辑,形成了"茅奖"渐趋开放的审美体系。正是在这些张力之中,"茅奖"坚定而又引人争议地参与了当代文学史现场的建构,开启了中国当代长篇小说纷纭复杂的审美画卷。

(原载《文艺争鸣》2011年第16期)

新世纪社会转型与底层写作、生态文学的兴起

社会转型的本质是人思维方式的转变所导致的社会变化，这一转变对作家的文学创作观念构成了直接影响，使文学书写呈现裂变与演进发展的态势。新世纪以来中国社会的转型，形成了底层写作与生态文学创作思潮，体现了文学参与社会建构的两种姿态：生存视角下对底层生命的关注及生态视域中对生命整体观、经济发展观的反思，表现了文学从"人学"到"生命学"的深化与超越。

一、生存视角下新世纪底层写作对生命的关注

在新世纪文学发展过程中，底层写作逐渐成为学界关注的中心，被刘继明、李云雷等学者认为是"一种新的美学原

则"。①作为一种新的文艺思潮，它"是继1993年关于'人文精神讨论'之后，十几年的时间里唯一能够进入公共论域的文学论争，因此意义重大"。②对底层写作的概念内涵，创作界和评论界虽然有着不尽相同的理解与阐释，但都认为是"描写底层生活，表达底层利益诉求，对现实持反思、批判态度"③的文学创作倾向。底层写作的主要代表作家有陈应松、曹征路、胡学文、罗伟章、王祥夫、刘继明等，除此之外，张炜、贾平凹、李锐、迟子建等作家也以不同方式从事着底层写作。

底层写作以底层劳动者为描写对象，多描写挣扎在社会的各个角落、奔波于城乡之间、怀揣不同生存难题的无数个体的生存状态及困境，底层的庞杂性使作品呈现多样化的发展态势。依据描写对象及社会学、政治学对"底层"的界定与划分，其作品大体分为三类："贫困的农民；进入城市的农民工；城市中以下岗工人为主体的贫困阶层。"④生存视角下的新世纪底层写作直面乡土农民生命的痛楚与生存的坚韧，展现农村的破败、农民的苦难、心理的困惑、精神的失落，融注对社会时代的深情关注与深切思考。陈应松在"神农架系列小说"《望粮山》⑤中，"向我们展示了蛮荒、恶劣

---

① 刘继明、李云雷：《底层文学，或一种新的美学原则》，《上海文学》2008年第12期。
② 孟繁华：《底层经验与文学叙事》，《当代文坛》2007年第4期。
③ 吴著斌：《底层文学在新世纪的总体特征》，《文学教育》2012年第3期。
④ 郑明娥：《生存视角与新世纪的底层写作》，《创作与理论》2012年第9期。
⑤ 陈应松：《望粮山》，《上海文学》2003年第6期。

的自然环境中农民命运的沉重和生存的坚守"①。乡民们世代固守着土地贫瘠、天灾不断的望粮山,为了生存,他们种麦子、栽苦荞、挖独活、采藁本,甚至冒着违法送命的危险去盗伐国家的原始森林。望粮谷匮乏的不仅是人们赖以生存的物质资源"粮食",更是人间的情感。恶劣的生存环境销蚀了乡民的情感,磨灭了他们心中的爱,带来了心灵的扭曲与变形。主人公金贵在关于土地的多次抗争失败后,几次试图逃离荒蛮与贫穷的乡村,但却屡受挫折与打击,最后沦为"杀人犯"。关仁山的《伤心粮食》②揭示了农民对粮食的"伤心"在于乡镇政权的腐败、苛捐杂税的重压、粮食价格的飘忽不定。即使丰收了,农民也要饱受"丰收成灾""谷贱伤农"之苦。最终,主人公王立勤无奈之下,烧掉粮食,背起母亲,逃离家园。小说不仅表现了世俗环境对人的改变,更表现了乡民对乡村腐败的反抗。此外,雪漠的小说《大漠祭》、夏天敏的小说《好大一对羊》、阎连科的小说《黑猪毛白猪毛》、胡学文的小说《命案高悬》、李锐的小说《太平风物》、吴克敬的小说《状元羊》等,也以对农民贫穷苦难的展现、对乡村霸权的揭示、对人性欲望的刻画、对乡民精神世界的描绘,构成了底层农民生活的百科全书。

"农民工"题材小说创作的兴盛是新世纪底层写作的标志性表现,《中篇小说选刊》《小说月报》《小说选刊》

---

① 孙立平:《断裂——20世纪90年代以来的中国社会》,社会科学文献出版社,2003,第5页。
② 关仁山:《伤心粮食》,《人民文学》2002年第6期。

刊载了大量的"农民工"小说。农民工群体城乡之间"边缘人"的尴尬身份认同，艰辛的生存现状引发作家们的忧患与深思。尤凤伟的长篇小说《泥鳅》描写了一群打工者在城市中的起伏命运。以国瑞为线索人物和代表的农民工是一群"从农村游到城市的鱼"，"泥鳅"成为小说中农民工的代名词。他们怀着最朴素的改善生活的愿望走进城市，舍得出卖力气，甚至尊严，但最终却没能被城市真正接纳。国瑞虽然曾获得宫总的"赏识"，担任国隆公司的董事长兼总经理，但这看似"幸福生活"的背后却是早已预设的圈套，宫总携从银行骗贷的巨额资金不知去向，作为"法人代表"的国瑞却沦为替罪羔羊……罗伟章的《大嫂谣》，以"大嫂"形象的塑造为侧重点，书写了当下生活在农村和城市的各式"底层人"的生存体验。"大嫂"年过半百，做的是"男人也畏惧的活"——白天，在建筑工地上拌灰浆，推斗车；夜晚睡在狭窄、低矮而又炎热的工棚里。这一切只因为丈夫有病，干不了重活，为了谋生，为了供养小叔子和儿子读书、考大学……除大嫂外，对城里人既尊崇又仇恨、既屈辱卑微又铤而走险的包工头胡贵，虽试图改变现状却缺乏实干精神，妄想一夜致富的年轻一代"民工"清明等，都刻画得十分出色。作品在叙述中呈现出社会秩序不公造成农民工境遇的无奈。孙慧芬的小说《民工》中鞠广大父子背井离乡进城打工，干的是城里人不愿干的累活、脏活，吃的是没有油水的饭菜，睡的是工棚里的通铺，其生活的最高追求就是能吃饱饭，能拿到工钱，但这基本的愿望还是在飞来横祸面前成为泡影。此外，陈应松的《太平狗》、荆永鸣的《北京候鸟》《外地人》、刘继明的《放声歌唱》、迟子建的《踏着月光的行板》、刘庆邦的《神木》、熊育群的《无巢》、马秋芬的《北方船》等都是"农民工"小说的代表作。"农民工"小说对农民工的工作权利、生存权利、经济权利、政治权利和文化权利进行了思考，描写了因城市对其歧视、拒绝而造成的精神压力，展现了失去乡土又难以融入城市的内心迷惘，蕴含着作者的人道主义精神和强烈责任感，赋予了作品更深层次的社会意义。

　　底层写作关注的焦点除乡土农民、进城的农民工外，还包括城市下岗工人。作为中国现代工业的建设者，工人曾是令人羡慕的阶层，可新世纪以来，随着计划经济向市场经济的转型以及国企改制，他们也由昔日的"主人翁"沦为了城市的"下岗者"。底层写作不仅关注下岗工人生活的日渐艰辛，更关注其心理情感失衡所引发的普遍社会问题。刘继明的小说《我们夫妻之间》展示了下岗工人贾大春及其妻子李淑英"失业"后的生活艰辛。为了生存，夫妻二人到处找工作，但屡屡碰壁，无奈之下，欲求自立，开摩托车拉生意却遭扣罚，最终为给儿子凑足学费，妻子李淑英不得不去当"野鸡"，而丈夫则往来接送妻子。小说不仅揭示了生存视角下，城市下岗工人在物质、精神上的困惑与无奈，更体现了现实社会对下岗工人的冷酷与不公，反思了普通民众在残酷的社会现实下被迫走向沉沦的无奈与悲凉。作为底层叙事代表作家的曹征路，其中篇小说《那儿》把"风光不再"的工人阶级生存现状刻画得淋漓尽致。作为即将下岗的工人代表，"小舅"为阻止工厂领导联合入驻企业对国有资产的贪污掠夺，维护工人的利益，使出浑身解数奔走呼号，但结果还是一败涂地……最终，走投无路的他带着巨大的困惑、茫然、无奈与悲愤，用自己的生命对曾经感召了几代人的"英特纳雄耐尔"信仰进行了探寻，表现了对信仰和理想的思考。此外，曹征路的《霓虹》、张楚的《长发》、叶弥的《小女人》、李铁的《乔师傅的手艺》《工厂的大门》等作品，不仅展现了城市下岗工人生活的艰辛，更触及了改革过程中深层次的矛盾，反映出体制政策的变化所引发的现实问题。"底层文学不仅仅具有社会学意义，而且具有美学意义，它的批判性是与其文学性相辅相成的"[①]，表现了新世纪文学关注现实生活、思考民间疾苦、关注国家命运的品格。

二、生态批评视域中新世纪生态文学的生命意识与生态智慧

随着中国生态危机的日益严峻，在世界生态文学思潮影响下，新世纪以来，我国生态文学创作逐渐兴盛，苇岸、华海、张炜、韩少功、贾平凹、杜光辉、陈应松、姜戎、迟子建等人创作了大量生态文学作品。生态文学的主要任务就是

[①] 贺绍俊：《从苦难主题看底层文学的深化》，《当代文坛》2008年第1期。

探讨人类与自然的关系，揭示自然生态危机产生的原因及其背后隐藏的精神生态危机，进而展开以生态为旨归的现代文明批判与反思。

对生态现状的批判与反思。现代科学技术的发展导致人类自我意识急剧膨胀，人类开始傲慢地对待自然，以自然的主人和控制者自居，这种不健康的心态正是生态危机的根源。华海在生态诗《铁轨，穿过风景线》①中用激愤的诗句向人们呐喊："我们向前逼近/大山向后退去/这乌亮乌亮的铁轨/恍惚凌空而起//像两枝箭/尖锐地射向/自然的深处//嗖嗖地/突然感到寒气袭来/感到最后被射穿的/却是我们的后背。"诗人明确意识到：人类中心主义和经济至上的观点、"技术决定论、控制和支配自然的人类主体意志使人类认为可以按人类的意志再造自然"。②诗歌的批判锋芒是尖锐的，诗人指出以穷尽性地征服掠夺自然为特征的现代化必将导致人类的灭亡。罗马俱乐部创始人佩西在20世纪60年代指出："传统发展观内含自身悖论，一方面人类借助于技术的力量以消耗资源的方式不惜毁灭生态来求得财富的不断增长，另一方面这种增长方式彻底破坏了人类发展的自然本体基础，人与生态环境之间出现了尖锐的对立。人类获得高度发达的工业文明，同时，环境问题又阻碍了进一步的发展，最终形成了发展的悖

---

①华海：《生态诗抄》，大众文艺出版社，2006，第45页。
②华海、邓维善：《关于生态诗歌的对话（下）》，《清远日报》2005年10月12日。

论：发展的结果成为持续发展的最大难题。"[1]生态文学在揭示生态危机的同时对造成这种现象的根源进行了反思，将批判的锋芒指向人类中心主义，指向支配、掠夺自然的观念，并对科技决定论进行了质疑。姜戎的小说《狼图腾》（长江文艺出版社，2004年版）批判了当今人类以牺牲自然环境为代价换取经济和社会发展造成的生态恶化及人类自身生存危机的现实。狼是草原的灵魂，狼群溃败，草原也就失去了精神支柱。农垦文化的入侵、"文革"时期倡导的灭狼运动以及商品经济下现代科技的猎杀，都使狼群无法避免地陷入劫难，致使千百年来草原生态平衡被迅速打破。当兵团特等射手依靠现代科技手段，驾驶吉普车用小口径自动步枪追击射杀草原狼时，在牧民眼中，曾经凶猛无比的狼一下子变得任人宰割……狼灭绝了，兔子、老鼠多了，草被啃光了，牛羊没草可吃了，马丧失了战斗力，狗也成了宠物，草场退化了。最终，"草原的腾格里几乎变成了沙地的腾格里"。对生态环境的关注，对生存危机的反思，对大自然权利的主张，对生态整体观的崇尚，使生态文学成为新世纪中国生态危机的反省者与批判者。

对自然奥秘的感悟。生态整体观所体现的感悟与表现自然万物之间、人与自然之间不可分割的密切联系是生态文学的思想基础，也是生态的整体观、系统观、联系观和平衡观的具体体现。生态作家从个体经验出发，深入体验和感悟

---

[1] 奥雷利奥·佩西：《未来的一百页——罗马俱乐部总裁的报告》，汪帼君译，中国展望出版社，1984，第132页。

自然的奥秘和神秘，沉思人与自然之间的关系，唤起人类对大自然的尊重和敬畏，以达到心灵与自然的和解、交流和融入。迟子建身居现代都市，亲历人与自然疏离的痛苦，对人与自然的和谐共生的向往使她时常梦回自然，置身于广阔而生动的自然之中，自己及笔下人物便浸润在月光、晚霞、林野、微风之中，在与自然相融无间、心领神会的交流中探寻人类生命存在的价值与意义，捕捉对自然万物的深层体认。长篇小说《额尔古纳河右岸》抒写了鄂温克族人与额尔古纳河右岸的山山水水须臾难离的关系。鄂温克人的栖居之所以"诗意"，正是因为有了包含万物的"自然"的在场。贾平凹的小说《怀念狼》中，红岩寺老道士与生态万物保持着和睦相处的关系，长期收养各种小动物（包括狼），待它们恢复了生存能力就放归自然。长期生活在深山中的道长与狼之间似乎已经没有任何的隔阂，人狼庇护、和睦相处，共同成为自然之子。在人性光辉的映照下，世界大同、万物和谐的温馨弥漫全篇。生态文学在感悟自然奥秘的同时，也思索人与自然的关系，其实质是作家重构人与自然的和谐关系，建构生态伦理的努力。生态文学中的自然不仅作为独立的审美对象，更寄予了人与自然深层哲学关系的思考。人类应该回到属于自己的位置上，必须重新回归自然伦理状态，体验其他生命的境遇，也只有这样才能在自然生态伦理中体验和感知自然的奥秘。

对诗意家园的建构。海德格尔曾说："人不是自然存在的主人，而是自然界的看护者、牧羊人。人应该懂得他仅仅是整个生存系统的一部分,并且人的命运从属于整个生态系统的命运。"人应该"诗意地栖居在大地上"。生态作家在批判生态现状的同时,着意于"生态乌托邦"的建构,表现对生态体系的敬畏与守望。韩少功在散文集《山南水北》中,直接表达了回归自然、亲近大地、融进自然山水之后的诗意生活:过去被城市的喧嚣震得麻木的双耳,如今"突然发现了耳穴里的巨大空洞与辽阔,还有各种天籁之声的纤细、脆弱、精微以及丰富……"①;过去在城市"成为所有灯火中最暗淡苍白一盏"的月亮,如今成为"别在乡村的一枚徽章",在山野中散发出神性的光芒;过去"被都市戴上了枷锁,套在模子里的笑",如今在山野中演变为"发自内心的,恢复了原生的纯朴"。②在这种人与自然自由清新、和谐融洽的环境中,作家重新找到了生活的意义和劳动的价值。迟子建的《额尔古纳河右岸》是"一曲大自然和与大自然同生死的人类的挽歌"。③鄂温克族生活在中国北部边地森林里,他们信奉"万物有灵"的萨满文化,以放养驯鹿和狩猎为生,过着与大自然水乳交融的生活。但现代化进程却使生活在山林中的弱小民族不能独居世外桃源,鄂温克族昔日和谐宁静的生态家园日益因"文明人"的强烈干扰而彻底陷落。"对鄂温克民族的无限悲悯,对自然的'复魅',体

---

①韩少功:《山南水北》,作家出版社,2006,第16页、49页、24页。
②姜戎:《狼图腾》,长江文艺出版社,2004,第398页。
③施战军:《独特而宽厚的人文伤怀——迟子建小说的文学史意义》,《当代作家评论》2006年第4期。

现了迟子建对'文明'的深刻体认。"①"我哀婉的是，我们常常把一种理想生活排斥在我们认定的文明生活之外……像我写的这支鄂温克部落，他们有自己的文化、宗教等，他们建立了很完整的生命观、宗教观、艺术观，可是我们所谓的现代文明却要把这种东西全盘地化解掉，这是野蛮人的行为。"②生态文学通过对生态理想的描绘，构筑了一个人与自然和谐相处的生态乌托邦，展现了生态危机时代人类对诗意生存家园的追寻，使人与自然和谐共生的理想境界在文学作品中得以表现，表现了"诗意栖居"的精神内涵。

三、社会转型与文学演进：从"人学"到"生命学"的深化与超越

社会转型就其本质而言，是指作为思想主体的人思维方式的转变所导致的社会变化，而这一转变又对作家的文学创作观念产生了直接影响，使文学书写呈现裂变与演进发展的态势。随着改革的深入，如何继续推进经济快速、可持续增长，如何使改革红利惠及普通民众，增强他们的幸福感，进而实现中国社会经济的现代化、政治的民主化，成为新世纪社会转型面临的重要问题。从底层写作到生态文学体现了文

---

① 吴景明：《从"激情呐喊"到"诗意栖居"——生态文学的社会功用与诗性智慧》，《当代文坛》2011年第3期。
② 迟子建、周景雷：《文学的第三地》，《当代作家评论》2006年第4期。

学参与社会转型的两种姿态：生存视角下对底层生命的关注及生态视域中对生命整体观、经济发展观的反思，体现了文学形态从"人学"到"生命学"的衍化与超越。

底层写作的出现是新世纪以来"人民文艺"或文艺的"人民性"的时代发展，更与新世纪中国的社会转型，文学、思想界的变化密切相关。1978年迄今的改革开放，在为中国经济发展带来巨大发展、人民生活水平空前提高的同时，也带来了贫富不均、两极分化、国有资产流失，甚至暴力拆迁等问题。维护改革成果，巩固改革共识，需要全体民众的认同与支持。从国家对"三农问题"的关注，到"和谐社会"的建构；从加大廉政建设、加强反腐力度，到保护弱势群体；从关注民生疾苦，到倡导社会公平公正；从面向社会底层，到关注百姓的生活感受和心灵诉求，为底层文学的出现与发展提供了重要契机。"关注底层生活文学潮流"的兴起，是新世纪文学继承"五四"及新时期以来"文学是人学"的现实主义传统，承接从"新写实"到"新现实主义"小说的创作方法，将文学视角再次下移，关注底层民众，尤其是弱势群体的生存景观及命运，表现其生活的艰难困苦，以及物质与精神的双重匮缺，表达社会转型过程中底层民众的生活感受与心灵诉求，反思社会发展进程中的不公与偏颇，呼唤民众经济权利，促进社会平等、民主的文学写照，进一步深化了新世纪文学的"人学"内涵。

如果说底层写作的核心是"文学是人学"在新世纪的发展，关注现实人生，指向民众的工作权利、生存权利、经济权利、政治权利和文化权利的诉求,那么,新世纪生态文学创作的繁荣就与反思中国的经济增长方式,促进社会人口、资源、环境的可持续发展,建构人与自然、人与人、人与自我和谐发展的生态型社会目标密切相关。新世纪以来,我国经济在取得巨大成就的同时,却不得不面对土地沙化、水体污染、河流断流、大气污染、森林资源枯竭、珍稀动植物灭绝、酸雨酸雾及"厄尔尼诺"现象频繁发生等系列生态恶果。生态危机引起人类对文明的自我反思。许多思想家认识到人类普遍面临的全球性生态危机,起因不在生态系统自身,而在于人类自身的文化系统。"生态焦虑"作为当代世界性的文学母题,它背后深度关切的是文明的盛衰。因此,通过对文学与自然、人与自然关系的重新审视与定位,来揭示生态危机的深层思想文化根源,表达人与自然和谐共荣生态理想追寻的生态文学,不仅体现了对包括人类在内的生命系统的关注与持续发展,更表现了文学的社会功用及作家鲜明的生态意识。

从底层写作到生态文学,文学形态演进在新世纪经历了由"文学是人学"到"文学是生命学"的内涵扩展。人类虽然从自然中进化而来,但长期以来人类总是力图证明自身较其他生物更具优越性,拒绝承认自己是大自然的一部分,并且在行为上轻蔑地对待其他生命,因此,在人类中心主义的文学作品中,多描写人类自身社会的活动与精神生活,自然万物沦为人类征服的对象。

从生存视角下底层写作的"人的文学"到生态视域中

"生态整体观"的"生命文学",新世纪两种文学创作思潮形成了交叉互渗的态势。两种不同的文学形态在"尊重生命"意识上获得了内在的一致性。底层写作源于社会转型中的失衡现象,关注普通民众的生存欲求与思想情感,企慕生命尊严与社会和谐;生态文学以"尊重生命"和"敬畏自然"的生态整体伦理观为指导,希望在人与自然和谐发展中实现共存共荣。对底层生命的现实关注及对生命系统的审美超越,成为新世纪中国文学的两个重要维度。正是在"生命文学观"的指导下,新世纪中国文学不仅关注中国现实——底层写作,更日益显现出超越民族、阶级的生态话语——生态文学,从而使新世纪的中国文学具有了现实关怀与审美超越的双重品格。

(原载《当代文坛》2015年第1期)

从"激情呐喊"到"诗意栖居"
——生态文学的社会功用与诗性智慧

　　中国当代生态文学发展经历了侧重社会功用的报告文学发生期、展示诗性智慧的发展期，正在向社会功用与诗性智慧相结合的深化期转化。

　　文学作品作为一种"有意味"的形式，是作家以诗性智慧对天、地、自然及社会人生进行的一种探索。它既是人关心自我存在方式的体现，更是人诗意生存理想的呈现。现实生存的危机四伏，使得人们在不断关注生存现状的同时，又时时追寻诗性的生活，因此文学成为人类探索生存困惑和找寻诗意生活的一种方式。

　　随着现代工业化进程的加快和长期以来对环保问题的忽视，土地沙化、河流断流、大气污染、森林资源枯竭、珍稀动植物灭绝等现象频繁发生，生态危机已经严重威胁到人类的生存，大自然向人类敲响了警钟。许多思想家认识到人类普遍面临的全球性生态危机，起因不在生态系统自身而在于人类自身的文化系统。"生态焦虑"作为当代世界性的文学母题，背后深度关切的是文明的盛衰。生态危机是生态文学产生的前提，生态文学是文坛对生态危机的积极应对。中国当代生态文学在20世纪80年代展示生态危机，显露生态意识；20世纪90年代，反思经济发展方式，探讨经济发展与生态和谐的关系；新世纪以来，追寻"诗意栖居"的生态理想，不仅显现了生态文学发展的阶段性，更体现出文学的社会功用与诗性智慧结合的发展趋势。

一、"守望大地"的激情呐喊——生态报告文学的社会功用

20世纪80年代中期，随着中国现代化进程的深入，各种环境问题日渐显露，面对日益严重的生态危机，沙青、徐刚、麦天枢、刘贵贤、岳非丘、马役军、李青松、王治安、何建明等作家陆续发表作品，投入到报告文学的创作中。这些作品不仅成为中国生态文学创作的报春燕，更在展示生态危机、反思生态问题、参与生态重建方面发挥了积极的作用，体现了文学对社会使命的担当。

1986年，沙青发表了被评论认为"开启了中国生态文学大门"的《北京失去平衡》，1987年又发表了《皇皇都城》。这两部报告文学作品虽然反映的是城市生活的具体问题，但却成为中国文学关注生态平衡、保护环境作品的先

声。1988年徐刚的报告文学《伐木者，醒来！》为维护生态平衡发出了强劲的呐喊，标志着生态报告文学从环保意识到生态意识的转变。这篇作品真正建立在新的环保观念上，自觉把文学创作同关注生态平衡、保护环境紧密地结合在一起。也正是这篇作品，从根本上改变了人们对森林和自然的认识，颠覆了传统观念并深深影响了高层的决策——自此，林业由采伐木材为主开始向生态建设为主进行艰难的转变。当时的林业部长说："我们应该感谢徐刚，他在我们的背上猛击了一掌！让我们从睡梦中醒来。"[1]

在中国当代生态文学创作中，水环境污染、水生态危机最先得到作家的关注。沙青的《北京失去平衡》是其中最早的作品。20世纪80年代末90年代初，关于水资源的生态危机日益得到人们的关注。麦天枢的《挽汾河》成为展示河流污染导致严重生态危机的轰动性作品。刘贵贤的《生命之源的危机》把中国当前缺水的危机、水源污染的危机以及因此而引起的水生物死亡、人与人的械斗展现得淋漓尽致。"塔里木河断流，孔雀河断流，黑河断流，石羊河断流……青海湖、博斯腾湖、艾比湖的水位下降，大片胡杨林、红柳林死亡……"董汉河在《哭泣的内陆河》中这样介绍。岳非丘在《只有一条长江》中把母亲河长江的污染问题以一种极为沉重的语调和盘托出："长江母亲啊，你给予、奉献、馈赠，忍受了多少蹂躏、欺凌、戕害，你这样无休止地为亿万儿女履行消毒

---

[1] 李青松：《我说徐刚》，《森林与人类》2004年第8期。

槽的义务，会不会身心交瘁而超过生命的极限，会不会最终变成人类最长的一条大阴沟？"

生态作家不但对水资源、森林资源遭受的严重危机进行了批判，还批判了现代化导致的土地资源的枯竭。土地是人类繁衍生息和社会发展的基础，但随着现代工业的发展，草场退化、土地沙化、水土流失、沙漠扩张等问题日益显现。作家马役军行程万余里，以"脚底板下出文章"[1]的精神创作了生态报告文学《黄土地，黑土地》。他说："土地在生长和负载着中国人赖以生存的粮食、房屋时，也在生长一种观念，负载一种欲望。这样，土地问题就不仅仅是一种自然现象，它同时也成为一种社会现象。土地与传统、与经济、与政治、与法律、与文化，都在直接发生着千丝万缕的关系。"[2]这样的理性分析，独到而且深刻。

在沙青、徐刚等人的带动下，许多作家纷纷从事生态报告文学写作，形成了一股生态报告文学的创作潮流。徐刚发表了《守望家园》系列报告文学，包括海洋、大地、江河、森林、动物、星空等6卷，将"家园"的概念扩展到整个地球，甚至整个宇宙，人类面临的重大生态问题都在忧虑范围之内。哲夫则通过纪实文学作品《淮河生态报告》《黄河生态报告》《长江生态报告》，为中国环保事业呐喊。李青松更关注野生动物保护，先后出版了系列生态报告文学：《最后的种群》《遥远的虎啸》《秦岭大熊猫》《蛇胆的诉讼》

---

[1]马役军：《黄土地，黑土地》，《当代》1991年第5期。
[2]马役军：《黄土地，黑土地》，《当代》1991年第5期。

《国宝和它的保护者》《北京古树群》等,揭示珍稀动植物遭受摧残的现状,告诫读者改善生态环境的过程实际上也是改善人性和人类灵魂的过程。王治安的长篇报告"人类生存三部曲"系列(包括《国土的忧思》《靠谁养活中国》《悲壮的森林》),力图对当代人类生存境遇进行全方位的生态学审视。何建明不仅在《共和国告急》中全面展示了经济发展导致的矿产资源枯竭,更在报告文学《永远的红树林》中,延续了这种生态忧虑与思考,提出了以人为本,全面、协调、可持续发展的人口、资源、生态科学发展理念,以期重新确认中国经济的增长方向。其间,大量文学刊物纷纷刊载报告文学,不仅如此,生态报告文学还屡获殊荣:《淮河的警告》(陈桂棣)获首届鲁迅文学奖、《当代》报告文学奖;《共和国告急》(何建明)获首届鲁迅文学奖;《北京失去平衡》(沙青)获第四届优秀报告文学奖;《伐木者,醒来!》《只有一条长江》(徐刚)获"中国潮"报告文学征文优秀作品奖;《黄土地,黑土地》(马役军)获1990—1991年度全国优秀报告文学奖。上述情况表明,生态报告文学已经作为一种独立的文体在展示生态危机、反思生态问题、参与生态重建方面发挥了积极的作用,具有明显的文学和生态意义。它不仅直面经济发展与生态危机恶化的现实,以充满激情的呐喊唤醒人们的生态意识,更以理性的科学精神探讨经济发展与生态保护之间的悖论性存在,不仅体现了生态意识的不断深化与发展,更表明中国已日益走上经济发展与生态和谐并重的发展道路,显现了生态报告文学的社会功用。

二、现代工业文明的反思与批判——生态诗歌的诗性智慧

20世纪90年代以来,西方生态文学、生态批评理论完成了系统化、体系化的译介,引起了社会和学界的广泛关注。生态文学作家的主体生态意识有所提高,对生态学理论有了一定的认识。于坚、翟永明、华海等诗人关注人类与自然的关系,注重揭示严峻的生态现实,呼唤生态理念,表达了对人类生存境遇及人类命运的深切忧虑。

于坚是当代最重要的生态诗人之一。彩云之南高原的瑰丽、大自然动植物王国的生命力及少数民族的宗教信仰,使他在倾听大自然的过程中,逐渐树立了鲜明的生态意识。长诗《哀滇池》触目惊心地描写了滇池的水体污染,流露着清醒、沉痛、执着、急迫的忧患意识和尖锐、深刻的批判精神。诗人用柔情万种、旖旎多姿的笔触回忆不曾被污染的滇池,描绘人与大自然融洽无间的契合。

20世纪90年代以来,以华海为代表的"清远诗人群"[①],

---

① "清远诗人群"除华海外,还包括广东清远的唐德亮、成春、黄海凤、李伟新、刘顺涛等诗人。他们近年在国家核心期刊《诗刊》上发表诗歌近30首,并在《星星》《诗选刊》《作品》等专业诗歌或文学刊物上发表大量作品;其生态诗歌创作已经引起文坛关注。

专门从事生态诗歌创作，在社会上产生了较大的影响。华海的《铁轨，穿过风景线》《悬崖上的红灯》等诗作，充满着对自然的崇敬及对竭泽而渔式的现代化和工业文明的反思与批判。在《铁轨，穿过风景线》中，诗人用激愤的诗句呐喊："我们向前逼近/大山向后退去/这乌亮乌亮的铁轨/恍惚凌空而起//像两枝箭/尖锐地射向/自然的深处//嗖嗖地/突然感到寒气袭来/感到最后被射穿的/却是我们的后背。"诗人指出，人类中心主义和经济至上的观点、"技术决定论、控制和支配自然的人类主体意志使人类认为可以按人类的意志再造自然"[1]，但以穷尽性地征服掠夺自然为特征的现代化必将导致人类的灭亡。《悬崖上的红灯》被誉为"华海最成功的生态诗"。悬崖上高挂的一盏红色信号灯是"一盏风中的灯/愤怒的灯/呼叫的灯"，它朝着正在风驰电掣地向悬崖一头撞去的列车，绝望而疯狂地发出减速甚至停车的紧急信号。那是"欲望号快车"，是唯经济发展、GDP至上的快车。"钢铁的车/惯性的车/朝着那既定的完美方向/一路狂奔//辗过所有的/星光和青草/辗过夜鸟的惶恐/山峰的沉默/甚至辗过从来没有恩怨的/那些无辜昆虫//在浓黑的夜色中/它呼叫……"即便那盏红灯"孤独无助/命定地/在下一刻会被卷起的沙尘吹熄/然而/在这一刻/它还是/不能不/发出/呼——叫！"诗作体现了诗人对人类中心主义观念支配下，以掠夺、破坏自然为代价发展经济，导致生态环境遭到破坏的隐忧。诗人不仅代表自然

---

[1] 华海、邓维善：《关于生态诗歌的对话（下）》，《清远日报》2005年10月12日。

呼喊，还对人类中心主义展开了批判，但那盏被"卷起的沙尘吹着"的红灯能亮多久呢？它是作者疾声呼喊而反响寥落的诗性表述。

三、人与自然的"诗意栖居"——生态小说社会功用与诗性智慧的融合

随着生态危机的加剧和作家生态意识的增强，新世纪以来，小说继报告文学、诗歌之后成为中国生态文学的生力军。姜戎的《狼图腾》、贾平凹的《怀念狼》、迟子建的《额尔古纳河右岸》等作品，通过生态事件塑造生态人格，表达生态理念，体现了作家鲜明的生态意识，更显现出生态文学的诗性品格，凸显出生态忧患的社会功用与诗意追寻的诗性表达相结合的发展趋势。

2004年，姜戎的《狼图腾》引发了众多评论家、学者的关注，产生了强烈的轰动效应。《狼图腾》用生态整体主义的视角审视草原上的一切生命。面对繁复生命组成的草原生态，牧民们深知：草是构成草原生态系统的根本核心，而黄羊、旱獭、野兔、黄鼠、牛、羊、马等都以吃草为生，若没有草原狼对它们在种群、数量方面的一定控制，草原生态系统必然要崩溃。"草和草原是大命，剩下的都是小命"，也正是在这个意义上，额仑蒙古族人才把狼作为图腾来崇拜，以宗教的神圣形式肯定了狼对草原生命与生态平衡的决定性

作用。几千年来，汉文化中狼的形象总是与凶险、狡诈、贪婪联系在一起，而《狼图腾》打破了人们的文化误解与偏见，展示了额仑草原狼的勇猛、机灵、团结以及逆境求生、牺牲小我（生命）拯救大我（草原）的崇高精神。

如果说额仑草原的狼是维护草原繁荣野性力量的体现，那么蒙古族老人毕利格就是维护草原繁荣人性力量的体现。毕利格老人是原始宗教信仰和草原朴素生态主义的代表，其生态人格自觉体现在信仰与行为中。他相信喇嘛教，相信腾格里，不吃狗肉，不穿狼皮。他尊崇草原古训，打旱獭放过母的和小的，从不猎杀天鹅……正是这些从千百年的草原生活实践中总结出的老规矩约束着人们，也保护着草原在过去的历史中一直没有被人类过度破坏。可以说由草原和狼构成的生态系统早已成为毕利格老人生命的根基。但置身于欲望膨胀的现代社会，老人的生态智慧与额仑草原的繁盛注定会在坚守中走向终结。毕利格老人的死亡象征了古老草原生活方式及狼崇拜的终结，也代表了游牧民族及生态文化的逝去。

如果说姜戎的《狼图腾》表现的是人类对自然规律的尊崇与敬畏，那么贾平凹的《怀念狼》作为"人类生存的现代哲学寓言"[①]，则体现了人类生存困境的生态学思考。从某种意义上说，舅舅傅山猎手身份的存在价值是以狼的存在为前提的，因此，猎狼成了他人生的目标和天职。但"最后一

---

① 胡殷红：《〈怀念狼〉及其他贾平凹访谈录》，《文艺报》2000年6月10日。

个"猎人的身份却使他的猎狼生涯笼罩着浓郁的悲剧色彩。狼这个人类昔日凶悍的对手,面对垦荒与现代化狩猎武器的威胁,变为只能依靠保护条例生存的弱者,人狼之间的攻守关系发生了戏剧性的转化。狼的日益灭绝使捕狼队的存在失去了意义,昔日威震四方、为民除害的捕狼队终至解散,舅舅傅山也由猎人变成了保护狼委员会的委员。然而,猎狼禁令的颁布并没使猎人和狼走出各自的生态困境。捕狼队解散后,由于不再有灾害和对手,生活的平静和长期的无所事事,使那些剽悍英勇的捕狼队员们患上了连现代化的医疗技术都束手无策的软骨病,他们的精神日益脆弱,似乎除了打架、酗酒,再做不出什么有意义的事情。商州狼也变得多病、慵懒,惶惶终日,有的甚至争先恐后地抢着把头挂在树梢上吊死。长期遭受狼群侵袭的雄耳川人,也因没有"狼来了"的恐惧,而在生存竞争中日益失去生命力……

谈到《怀念狼》,贾平凹曾说:"人是在与狼的斗争中成为人的,狼的消失使人陷入了恐慌、孤独、衰弱和卑鄙,乃至于死亡的境地。怀念狼是怀念着勃发的生命,怀念英雄,怀念着世界的平衡。"①这段关于人与狼生态存在(包括自然生态存在与精神生态存在)的分析耐人寻味。狼的凶残本性,决定了其吃人的必然,人类在对狼的恐惧中生存繁衍,狼与人相生相克。猎狼与不猎狼都使人陷入生态悖论——猎狼意味着生态的破坏,不猎狼则意味着人必然会在对自然的无所作为中失去

---

① 廖增湖:《贾平凹访谈录》,《当代作家评论》2000年第4期。

生命。实际上，人与狼正是在这种悖论性的平衡中各自寻找自身存在的价值与意义，人与狼在各自以对方为生态对手中获得了生命的意义和存在的理由。小说结尾"可我需要狼"的绝望呼喊表现了作家对希望的呼唤，在没有狼（自然）的日子里，我们（人类）该怎么办？"往后的日子里，要活着，活着下去，我们只有心里有狼了。"面对生态的悖论性存在，作家告诉我们最终的答案存在于人类内心……

　　自然生态始终是迟子建小说关注的母题。透过自然，迟子建把自己对生命的领悟与感知化为一篇篇动人的故事，深情地诠释着生命的宽容、和谐与共生。热爱自然的本能与礼赞自然万物的融合，形成了迟子建质疑人类中心主义价值秩序的生态意识。几千年来，从自身功利角度出发，人类总是把自己视为唯一有价值的存在者，并根据自身需求的程度为万物制订生命的等级。对此，迟子建指出："生物本来是没有高低贵贱之分的，但是由于人类的存在，它们却被分出了等级……尊严从一开始，就似乎依附着等级而生成，这是我们不愿意看到和承认的事实。"[1]这种对生命万物内在价值平等性的体悟与现代敬畏生命伦理学的主张完全一致。迟子建曾自豪地说："童年围绕着我的，除了那些可爱的植物，还有亲人和动物，请原谅我把他们并列放在一起来谈，因为在我看来，他们都是我的朋友。"正是在敬畏、尊重、亲近、关爱大自然的生态感悟中，迟子建把自己的生命自觉地注入动植物、

---

[1] 迟子建：《逝川》，长江文艺出版社，1996，第66页。

日月星辰、山川河流中，展示了自然生命的灵性与尊严以及人与自然万物平等相待、和谐相处的诗意境界。

神话记忆与泛神论意识使迟子建赋予笔下的日月星辰、山川河流、风霜雨雪等无生命自然事物以生命与灵性。《额尔古纳河右岸》采取史诗式的笔法，以年迈的鄂温克族最后一位酋长妻子的口吻，讲述了额尔古纳河右岸敖鲁古雅鄂温克族百年来人与自然波澜起伏的历史。小说开篇，老人说道："我是雨和雪的老熟人了，我有九十岁了。雨雪看老了我，我也把它们给看老了。"①将人与自然的命运紧密联系在一起，展现了一幅人与自然水乳交融的图画。鄂温克族像对待自己的孩子一样为山命名，又像保护孩子一样保护驯鹿、小水狗，同时又把自己的孩子当作动植物，以动植物的名字为孩子命名，就连纠缠身心的疾病在他们眼中竟然也变得美丽："风能听出我的病，流水能听出我的病，月光也能听出我的病。病是埋藏在我胸口中的秘密之花。我的医生就是清风流水，日月星辰。"鄂温克人与动物为友，与天地为伴，大自然是他们的上帝和衣食父母，一草一木都是他们的朋友。迟子建满含深情地描写了额尔古纳河右岸这个鄂温克族人生活栖息的特定场所，抒写了鄂温克人与额尔古纳河右岸的山山水水须臾难离的关系以及由此决定的特殊生活方式：一草一木都与他们的血肉、生命与生存融合在一起，具有某种特定的不可取代性。生态批评家乔纳森·贝特对荷尔德林

---

① 迟子建：《额尔古纳河右岸》，北京十月文艺出版社，2008，第3页。

的著名诗句"诗意地栖居"做了这样的分析:"栖居意味着一种归属感,一种人从属于大地,被大自然所接受、与大自然共存的感觉。"鄂温克人的栖居之所以诗意,正是因为有了包含万物的自然的在场。

生态批评认为:"在属于现代性话语谱系的人类中心论神话中,人类是地球上唯一的主体,需要通过'使自然人化'来改造、解放、照亮人之外的领域。正是这种改变、塑造、控制万物的冲动消灭着世界的多样性,造成了'自然之蚀'乃至'自然之死'。"①《额尔古纳河右岸》不仅是鄂温克民族百年的历史传奇,更是"一曲大自然和与大自然同生死的人类的挽歌"②。鄂温克族生活在边地森林里,他们信奉"万物有灵",以放养驯鹿和狩猎为生,过着与大自然水乳交融的生活。但现代化进程却使鄂温克族昔日和谐宁静的生态家园日益被"文明"强烈干扰而彻底陷落。鄂温克人不仅失去了家园,更丧失了自己的习俗和文化。对鄂温克民族的无限悲悯,对鄂温克历史的"返魅"与"祛魅",体现了迟子建对"文明"的深刻体认。

正是在自然"返魅"与深切思考中,姜戎、贾平凹、迟子建等作家摆脱了工具理性羁绊,将自己还原成一个真正谦卑的人,用自己的感官和心灵亲近自然,反思生态,憧憬人

---

① 王晓华:《后现代主义话语谱系中的生态批评》,《文艺理论研究》2007年第1期。
② 施战军:《独特而宽厚的人文伤怀——迟子建小说的文学史意义》,《当代作家评论》2006年第4期。

与自然和谐共生的理想境界，建立人与自然之间全方位的、多向多元的审美联系，在关心自我存在方式的同时，更注重诗意生存理想的呈现，由此使生态文学成为人类探索生存困惑与追寻诗意生活的映现。

中国当代生态文学的探索与实践是文坛对中国生态危机的积极应对，体现了文学在工业化时代对生态问题的忧患意识。生态文学展现生态危机，凸显生态意识，批判唯经济发展观，倡导人与自然和谐共存的新型发展模式，拓展了文学的创作视野，凸显了文学的使命传统。中国当代生态文学从"激情呐喊"到"诗意栖居"的发展脉络及其反映的深层文学本质表明：优秀的生态文学作品应该是诗（诗化的文学语言）、思（作家对生态意识的思考）、史（反映人与自然关系发展演变的历史）三者之间的交融与互渗，而不应偏废任何一方。生态报告文学侧重于"思"的忧虑，生态诗歌展示"诗"的本质，生态小说则在二者的基础上，致力于"思"与"诗"的结合，并力图追求"史"的品格。我们有理由来期待"诗""思""史"三者兼备的文学作品出现，从而实现对"诗意栖居"生态理想的诗意表达。

（原载《当代文坛》2011年第3期）

第二辑

评论现场

莫言小说的戏剧化书写及审美表现

莫言小说不仅有戏剧元素穿插，更能深入小说内在结构，形成一种戏剧化的书写。小说文体本身的兼容并包、作家的创作态度、中国传统戏曲文学和民间文化的影响使莫言小说戏剧化成为可能。莫言小说的戏剧化体现在时空结构、人物设计、情节构造三个层面。莫言小说的戏剧化书写及审美表现不仅通过小说外在的戏剧化回归民间，更向内回归普通人的平凡心灵，成为中国当代文学努力探索的方面。

弗吉尼亚·伍尔夫曾在《狭窄的艺术之桥》中对小说艺术形式发展所具备的种种可能进行了瞻望，提出了小说的巨大胃口"将并吞更多的东西"，并且"将带有戏剧性"[①]的论断。论及当代中国，作家莫言的创作使这种前瞻性的预言获得了有效的实践，在小说《檀香刑》的结尾处，孙丙仰天长

[①] 弗吉尼亚·伍尔夫：《论小说与小说家》，瞿世镜译，上海译文出版社，1986，第214页。

叹一句"戏……演完了……"①，拨开戏与现实真真假假、虚虚实实的混沌状态，读至此处读者产生无限遐思。莫言小说因暗含许多戏剧元素具有更为丰厚多元的内涵，一方面不同文体的交汇与融合扩大了小说的容量；另一方面，超越戏剧元素简单加入和拼贴的层面，莫言在小说叙事、人物、结构、语言等各个方面都显示出一种戏剧化的倾向，并呈现出独具特色的审美表现，为当代文坛和未来中国小说创作提供了可资借鉴的可能。

一、莫言小说戏剧化的概念及成因

（一）小说戏剧化的概念

明代文人吴讷在《文章辨体序说》中曾提出"文辞以体制为先"②的观点，点明文体意识在文学创作中的重要价值。而小说与戏剧作为文学体裁的两种基本形态，在中西方文学发展中占有举足轻重的重要地位，二者既有着同源共生的密切联系，更存在一种相互吸收融合的发展趋势。中国当代著名作家莫言大胆承认在自己的小说创作中"有意地大量使用了韵文，有意地使用了戏剧化的叙事手段"③，以此营造异彩纷呈的叙事效果，在其小说创作中显现出戏剧化倾向，形成

---

① 莫言：《檀香刑》，作家出版社，2001，第510页。
② 吴讷：《文章辨体序说》，于北山点校，人民文学出版社，1962，第9页。
③ 莫言：《檀香刑》，作家出版社，2001，第517页。

独特的审美效应。

何谓"小说的戏剧化"？在辨析这一概念前，我们有必要了解戏剧因素是如何运用于莫言小说文本之中的。在以《蛙》为代表的一类小说中，莫言直接插入戏剧剧本和人物表演的桥段，通过夸张变形的戏剧情节和浓烈饱满的戏剧冲突来补充和弥合小说叙事无力表达的部分，形成了如莫言所说："把作家没法表现的东西表现出来了"[1]，从而达成了"去蔽"与"揭秘"的效果[2]，彰显了戏剧与小说两种文体取长补短、相互融合的可能性。小说《蛙》的整体框架虽包含着戏剧元素，但小说文本与戏剧剧本在形式上却泾渭分明，小说内部的戏剧化尚未水乳交融般呈现。值得关注的是，莫言在小说戏剧化方面的探索并没有停滞于此，而是深入小说的各个部分，使小说语言具有戏剧台词的某些特点、小说人物涵盖戏剧人物的表现特征、小说情节有着戏剧情节相似的矛盾冲突等等。

由此可见，所谓小说的戏剧化，是指在小说的外形之下，使小说的内涵具有戏剧的某些典型特征，从而扩大和丰富小说容量的一种文学手段和创作倾向。作家莫言正是以小说戏剧化为武器，逃离西方文学看似难以撼动和摆脱的深刻影响，向着中国传统文化和民间文学进行"有意识地大踏步撤退"[3]，力图展示小说艺术具有的更多可能。

---

[1] 莫言、木叶：《文学的造反》，《上海文化》2013年第1期。
[2] 周根红：《戏剧化倾向与小说的叙事转型》，《东方论坛》2016年第2期。
[3] 莫言：《檀香刑》，作家出版社，2001，第517页。

（二）莫言小说戏剧化的成因

首先，就文体特征与发展趋势来看，莫言小说的戏剧化有其历史合理性与文体必然性。小说和戏剧的纠葛始于中国古代文学，传奇定义即为体现。原本"唐传奇"指的是唐代兴起的文言短篇小说，及至明、清两代，"传奇"已经演变为古代中国戏剧的代名词。在中国文学的发展脉络中，小说与戏剧均源自民间文学，长时间"难登大雅之堂"。除此相通之处，更有学者指出"在'唐传奇'和'宋话本'阶段，二者在艺术形态上甚至呈现契合的状态"[①]。以上两点均可说明小说与戏剧两种文体之间的共性及其密切关联。"就小说这种文学体裁本身的艺术形式而言，它具有广阔的叙述空间及强大的文体兼容性"[②]，一方面，收缩自如的时空场域、可塑性强的人物形象、非限制的篇幅和想象不仅为作家的文学创作提供巨大的空间，更为文体之间的相互渗透搭建起坚固的桥梁；另一方面，以叙事为主要特征甚至是内核的小说文体，为避免故事情节的冗长烦琐或者平淡无奇，也将不可避免地提出戏剧化的要求，"戏剧性本是一切叙事文学共有的特征"[③]，因此，莫言小说的戏剧化是有其合理性与必然性的。

其次，莫言小说的戏剧化倾向体现为作家的非写实创作

[①] 赵兴红：《文学现场与在场》，作家出版社，2016，第98页。
[②] 尹林：《论莫言小说被动的戏剧化》，《当代文坛》2007年第1期。
[③] 田俊武：《"剧本小说"——一种跨文本写作的范式》，《外国文学评论》2001年第1期。

观念与戏剧性的暗合。张清华在论及莫言小说时指出："感觉的变形与夸张在其中已不是个别的点缀，而是大量到已成为普通的叙述语境。"①荒诞的日常化使荒诞成为常态而令人不觉惊异与神奇，莫言的叙述就像是一股滚滚而来的洪流，泥沙俱下，浩浩荡荡，流经现实的肥沃土壤，却又冲破现实设下的堤坝。莫言的非写实创作态度在作品中表现得比比皆是：《红高粱家族》中令人印象深刻的二奶奶"诡奇超拔的死亡过程"②；《四十一炮》中将肉人格化和神灵化之后进行的自白，等等。在非写实创作观念指引下，莫言小说塑造的人物与架构的故事情节，因其与现实之间的"间离感"而与充斥着突转、巧合、夸张的戏剧性相吻合。应该说，莫言的创作实践了布莱希特倡导的戏剧要营造一种"间离效果"，即"一种能够将再现的过程表现为奇异的过程的手法"③，进而在自己的小说创作中形成了"间离感"与"戏剧性"的独特美学效应。

最后，中国传统民间文学作为莫言逃离世界文学影响焦虑的栖身之所是推动其小说戏剧化探索的最直接原因。莫言"是一个深受外国作家影响并且敢于坦率地承认自己受了外国作家影响的中国作家"④，日本作家川端康成、哥伦比亚作

---

①张清华：《莫言文体多重结构中传统美学因素的再审视》，《当代作家评论》1993年第6期。
②莫言：《红高粱家族》，人民文学出版社，2012，第344页。
③帕维斯：《戏剧艺术辞典》，宫宝荣、傅秋敏译，上海书店出版社，2014，第100页、第308页。
④莫言：《饥饿和孤独是我创作的财富——2000年3月在斯坦福大学的讲演》，《莫言讲演新篇》，文化艺术出版社，2009，第319页。

家加西亚·马尔克斯、美国作家福克纳的作品对其创作产生的影响是深远的，但莫言并没有被外国文学传统俘获，而是通过对中国民间传统文学的自觉、生动的创造性转化，将自己与马尔克斯及福克纳的关系比喻成"冰块"与"两座灼热的高炉"①，并声称要逃离其影响。2001年，莫言在悉尼大学做了主题为《用耳朵阅读》的演讲，谈论到民间戏曲，特别是高密东北部乡间广为流传的小剧种茂腔对其创作的深刻影响。他认为："民间戏曲通俗晓畅，充满了浓郁的生活气息"②，可以使居文学正统地位，并逐渐远离民间的小说重焕生机。茂腔戏文使小说语言充满韵律感，由民间俗语串联成的戏词使小说语言更加通俗化、大众化。茂腔这项民间传统曲艺不仅改变了小说的语言，更改变了小说的结构和情节设置。戏剧化的情节使故事发展及小说人物被置于强烈的矛盾冲突之中，"一切都是夸张的，一切都推到了极致"③，民间戏曲的滋养使莫言的小说别具一格，呈现出独一无二的美学风格。此外，莫言回忆自己的文学之路时，时常提及童年去市集听说书的经历，因而在莫言的作品中，或多或少地存在传统话本小说的影子，说书艺术或者由其底本演变而成的话本小说，为了吸引观众和读者，往往要设置充满戏剧性的情节，而说书人作为叙述者也需呈现一种表演的效果。民间戏

---

①莫言：《两座灼热的高炉——加西亚·马尔克斯和福克纳》，《世界文学》1986年第3期。
②莫言：《用耳朵阅读》，作家出版社，2012，第58页、第154页。
③莫言：《用耳朵阅读》，作家出版社，2012，第58页、第154页。

曲及说书艺术的潜移默化的影响，成为莫言小说创作戏剧化的重要因素。

二、莫言小说戏剧化的审美表现

亚里士多德将史诗和悲剧、喜剧的本质定义为"摹仿"[①]，戏剧艺术来源于对生活的再现，基于创作者和表演者的人生经验，却因被赋予夸张、变形和不为现实所紧紧捆绑的权利，因而具有极强的表现空间和艺术力量。莫言小说中的戏剧化书写使其作品的时空结构、人物设计、情节构造具有了戏剧的某些典型特征，极大地丰富了小说的内涵并形成了独特鲜明的审美风格。

（一）时空结构戏剧化的现场效果

时空结构是小说叙事与戏剧表演的基本框架，故事情节和人物表演就此展开。传统中国小说，特别是长篇小说，往往被置于一个时空跨度很大的架构之内，体现出一种"史诗性"的追求。在这一点上，戏剧与小说有着很大的差异，二者的界限"来源于一个人所尽知的常识：剧本是供演出用的"[②]，那么为适应演出而进行的舞台设置和角色表演则限定了戏剧的时空跨度和时间状态，要求时间和场面的集中性、

[①] 亚里士多德、贺拉斯：《诗学·诗艺》，罗念生、杨周翰译，人民文学出版社，1963，第3页。

[②] 谭霈生：《论戏剧性》，北京大学出版社，1981，第11页。

即时性和现场感。

　　莫言虽不乏《生死疲劳》一类描写几世轮回的时空跨度大的小说创作，但他同样擅长集中时空的场面刻画与描写，在小说中营造出戏剧一般的现场效果。一方面，时间和空间的限定使故事情节集中发展、叙述详尽而突出。如《檀香刑》中有关行刑的场面描写，莫言对此毫不吝惜自己的笔墨，特别是第九章《杰作》用了整整一章的篇幅刻画赵甲凌迟钱雄飞的经过，地点是练兵操场，时间集中在行刑的几个时辰之内，从第一刀到最后一刀，把其中最为重要的第一、二、三、五十一、五十二、五十四、四百九十七、四百九十八、四百九十九和五百刀，每一刀割了什么，如何割的，都进行了无比细致的描写，整个行刑过程犹如一场表演，刽子手赵甲和受刑人钱雄飞是其中的主角，而读者则成为观看表演的观众，叙述者退隐到幕后，在人物的对话和行刑中向读者展现了一个健康肉体和刚毅灵魂被割裂和摧残的全过程。而第十二章《夹缝》的前四节在叙述知县钱丁从怒草电文到赶去莱州府讨公道的几个情节时，分别在每一节的开头限制了时间范围——"马桑镇血案后的第二天""正午时分""凌晨"，时间跨度在二十四小时内，每一节的地点也分别集中在签押房、原野、饭店和知府大人书房这样的具体场景之内，如同西方古典主义戏剧推崇的"三一律"一样，使时空集中化，从而增强了小说叙述的现场感。

　　另一方面，小说中现在时态的大量应用也增强了小说描写的现场效果。"古希腊文的'戏剧'（θἐατρον）本就是

'动作''活动'之意"①，巧合的是莫言也注意到中国古典小说的精髓在于通过动作和对话来刻画人物，进行时态下的动作以及不间断的对话描写所体现的即刻性，使读者犹如观赏戏剧一般身临其境。首先，莫言十分善于通过人物的动作来刻画人物的性格，最有趣的是《丰乳肥臀》中关于以沉默为规则的"雪集"活动中人物动作的刻画描写："裘伸出三根指头，把胡天贵的两根指头压下去，胡天贵执拗地把两根手指翻上来，裘又把三根手指翻上来，翻来覆去三五次，裘抽回手，做出一个无奈的痛苦表情……"②，莫言通过人物的一系列动作诠释了一个"讲"价的完整过程，当人物被剥夺语言之后，只能通过肢体动作和面部表情来进行表达和"言说"，极富表演性质，读者仿佛被置于情境之中进行观看，造成了戏剧化的"在场"效果。又如小说《四十一炮》中的"第三十二炮"里有关肉联厂注水事件的描写，全部由人物之间的对话组成，对话开始之前，莫言对时间、地点、人物等重要信息的交待犹如舞台场景布置一般——"肉联厂开业后不久的一个晚上，父亲、母亲、老兰，还有我和妹妹，围坐在我家堂屋里的桌子边上。电灯明亮，照着桌子上那些散发着微弱热气的肉，还有那些葡萄酒，瓶子里的和杯子里的，都是深红的颜色，像新鲜的牛血"③，此后，小说叙事全部由对话组成，除开入睡的妹妹，剩下三个人物此起彼伏地

---

①曹其敏：《戏剧美学》，东方出版社，1997，第4页。
②莫言：《丰乳肥臀》，作家出版社，2012，第307页。
③莫言：《四十一炮》，作家出版社，2012，第232页。

发声，使简单的场景变得热闹非凡，通过对话一下子将读者拉入共时态的观察之中，营造出强烈而真实的现场效果。

（二）人物设计戏剧化的脸谱作用

《诗学》把"形象"和"性格"列为悲剧的重要组成部分，无论在小说还是戏剧中，人物的塑造都同等重要。不同于小说，戏剧中的人物一般要求个性鲜明、各有特点，就像画了京剧脸谱一样，使观众印象深刻、易于辨识。莫言小说人物设计的戏剧化，使人物犹如画上了脸谱，具有较为突出的个性特点和风格特征。

首先，极具个性特征的戏剧化脸谱。《檀香刑》共分为三部分，在"凤头部"和"豹尾部"分别以人物作为各章名称："眉娘浪语""赵甲狂言""小甲傻话""钱丁恨声"，鲜明展示出每个人物最主要的个性特征，使读者未及多读便可了解一二，但是莫言小说人物的"脸谱"并不是随意佩戴上的，人物性格和行为都有各自的合理性。"赵甲道白""眉娘诉说""孙丙说戏""小甲放歌"和"知县绝唱"就是为眉娘之"浪"、赵甲之"狂"、小甲之"傻"、钱丁之"恨"进行的解释和辩白。在这样的小说中，很少出现所谓的正面人物和反面人物，几乎每一个人物都有值得读者喜爱或者同情的地方。其次，戏剧化的"傀儡人物"。莫言小说中还有一些人物，相比于主人公而言显得有些默默无闻，他们的存在与否看似对小说情节的影响不大，但实则起到了帮助读者理解主要人物的功能，比如《蛙》中的小狮子，她虽然有着自己的身份，开始是姑姑的得力助手，后来成为万小跑的妻子,但她却不是一个立体的人物,因为作者并未帮助她塑造一个独立的思想和灵魂。她的出场在小说前半部分总是紧随姑姑之后,"姑姑来了,小狮子来了"[1],并且其言语时常不是在表达自己,而是在替姑姑表达,"这个我说了不算,要看姑姑的意思""姑姑是不是有这个想法呢""不可能,姑姑如有这种想法,那她就不是姑姑了"[2],小狮子在小说里犹如姑姑的传声筒,她对执行计划生育政策的坚决就是姑姑的坚决,但我们并不能说她不能展现自我思想时是无用的或者可以删去的,因为她在帮助塑造"万心"这一角色上功不可没。"大部分小说里的人物都没有自我发展的本事,他们必须相辅相成才行"[3],这些帮着主角画"脸谱"的人,亨利·詹姆斯将其称作"傀儡人物",认为"他们的存在如同精心乔装的修辞,推动着小说戏剧化的发展"[4]。

戏剧化人物设计所带来的脸谱作用,类似于福斯特对小说人物进行划分时所谈论的"扁平人物",但莫言笔下的人物并不像"扁平人物"为学界所诟病的那样一成不变,他们虽然表现了脸谱勾勒下的特质,但也能在广阔的生活背景之中展示人性的深邃和变化多端。

---

[1] 莫言:《蛙》,上海文艺出版社,2009,第102页。
[2] 莫言:《蛙》,上海文艺出版社,2009,第165页。
[3] E. M. 福斯特:《小说面面观》,冯涛译,人民文学出版社,2009,第56页。
[4] 方守金:《试论小说的戏剧化及其限制和超越》,《文艺理论研究》1992年第5期。

(三)情节构造戏剧化的仪式功能

艾思林在《戏剧剖析》中将"仪式"称作"作为集体体验的戏剧"[1]，而从戏剧的起源追溯起来，古希腊戏剧发端于酒神狄奥尼索斯的祭祀仪式，这说明戏剧在本质上就是具备某种仪式功能的。莫言的小说在构设情节时对于仪式的密切关注和精心描写，体现着小说戏剧化的深入发展。小说仪式中所蕴含的戏剧因素以及二者所共有的虚拟性、程序性、表演性和图腾崇拜不仅增添了故事本身的魅力，更丰富了小说的审美内涵。

仪式的表达方式一般为舞蹈、极其符号化的动作和表情、歌唱、还有语言，正如尼采在对悲剧进行探源时提出的其诞生于音乐精神的论断，仪式所展现的音舞效果恰恰反映出一种戏剧化的美学效应。"大道上鼓乐喧天，从东西两个方向响起。肉食节的游行队伍，已经逼近""是喜气洋洋的乐曲，节奏轻快，旋律优美，让人忍不住地想跳起来舞蹈"[2]，在中国传统的节日仪式中，音乐与舞蹈是必不可少的两种元素，甚至在莫言自己虚构的肉食节游行仪式中，这两者也是不可或缺的，它们往往与节日的内涵和氛围相呼应，一方面，从感官上刺激人的视觉、听觉，调动观众和读者的情绪；另一方面，通过音舞的喧腾消解肉食节本身剥肉蚀骨、血腥屠戮的残酷真相。戏剧舞台中常常要借助道具来辅助演员进行表演，仪式表演也是如此，在《檀香刑》"神

---

[1] 艾思林：《戏剧剖析》，罗婉华译，中国戏剧出版社，1981，第16页。
[2] 莫言：《四十一炮》，作家出版社，2012，第232页、第97—98页。

坛"这一章中,莫言细致刻画了岳元帅祭旗祭神坛的过程,"所谓神坛,就以那张摆放着香炉的八仙桌子为象征"①,是主持祭典仪式的"半神"与神灵沟通的途径和通道,红白两杆坛旗则是即将进行的交战的象征,仪式道具在祭典中被赋予了的深刻的含义,象征着胜利、杀戮、死亡和神旨,它们所具有的无上地位使人与神的沟通仿佛成为可能,作者对这些事物的描绘也为小说增添了一层神秘色彩。而在小说《蛙》中,最后一章由一个与小说同名的九幕话剧构成,话剧深层主题就是姑姑的"赎罪"过程,有学者提出《蛙》戏剧部分的结构是姑姑"死而复生的转变仪式"②,姑姑通过最后一幕的"死"来获得"再生"从而涤清自身的罪感,"在仪式里如同在戏剧里一样,其目的是要提高觉悟水平,使人对于生存的性质获得一次永志不忘的领悟,使个人重新精力充沛地去面对世界"③,从这一角度来看,姑姑的死亡仪式产生了戏剧意义上的"净化"功能。此外,"蛙"意象的运用,象征着强大的生命力和旺盛的生殖力,也如同仪式中的图腾一样,镌刻在那个特殊时代的特殊人群心中。

---

①莫言:《檀香刑》,作家出版社,2001,第220页。
②杨旸:《死而复生的转变仪式——〈蛙〉戏剧的意义分析》,《戏剧文学》2017年第3期。
③艾思林:《戏剧剖析》,罗婉华译,中国戏剧出版社,1981,第21页。

三、莫言小说戏剧化的价值思考

文学发展史表明，一旦作家固守于某种文学体裁的样板，也就意味着文学的格式化与衰亡。莫言在激活当代文学生命力的创作道路上，做出了戏剧化的尝试，并以自身文学创作显现了小说戏剧化的审美价值。

首先，情节结构上的戏剧化为小说的多层叙事提供了可能。小说作为叙事的艺术必然将目光着眼于如何讲述一个动人的故事上，与现实生活的不同在于，它并不遵循自然规律和人类社会的法则，也不必按照时序和理性头脑的逻辑规规矩矩地叙述，它享有更为宽广的自由。莫言正是抓住了小说的这种特点，利用小说的戏剧化来达成小说叙事艺术的提升。莫言小说抛弃传统的直线型或者单线型叙述，而惯常采用一种多层叙事结构，比如长篇小说《蛙》在蝌蚪与杉谷义人的书信往来中展开第一层叙事，蝌蚪在信中曾多次透露想要根据姑姑的事迹创作一台话剧；紧接着叙述者"我"开始将姑姑的真实经历娓娓道来，这是小说的第二层叙事，也是构设情境最主要的一部分；而在小说的结尾处，九幕话剧《蛙》的剧本则将蝌蚪的作品呈现出来，构成小说《蛙》的第三层叙事。值得关注的是在剧本《蛙》中存在一个戏中戏的多层叙事结构，其中两条主线并行不悖，一条是紧接小说讲述陈眉代孕之后的故事，另一条则是刻画姑姑嫁给郝大手的婚后生活和赎罪过程；而在陈眉的故事线里，她最后来到了电视戏剧《高梦九》的拍摄现场，误打误撞成为角色之一,她在虚构的剧中为自己的现实经历申冤,而高梦九作为一个由演员扮演的知县来为这个在蝌蚪回忆中发生的真实事件进行评判。叙事一环套一环,通过荒诞复杂的戏剧化结构来反映现实的另一面,体现出莫言作为优秀作家所具备的深度和艺术直感。

其次,这种戏剧化的创作为小说文本的影视化改编奠定了基础。芥川龙之介在《小说的戏剧化》中指出"没有同一题材不可用于两个方面的道理"[①],在影视艺术和网络媒介迅猛发展的今天,电影与电视剧日益成为承载小说文本内容的介质。影视剧与戏剧是同源相生的表演艺术,二者以剧本作为拍摄或表演底本的传统使小说文本的影视化成为可能。莫言的许多作品都被改编成影视剧本,1988年张艺谋导演拍摄的电影《红高粱》由莫言长篇小说《红高粱家族》改编而成,继而2014年郑晓龙执导的电视剧《红高粱》也在各大卫视热映;2003年霍建起执导的电影《暖》由莫言的中篇小说《白狗秋千架》改编而成。探讨莫言小说高度影视化的原因,其小说文本的戏剧化无疑为影视化奠定了坚实的基础。无论是个性鲜明的人物角色,还是尖锐激烈的矛盾冲突,抑或充斥着对话的小说语言,都为莫言小说文本的影视化提供了便利。不仅如此,基于小说戏剧化创作导致的影视化,拓宽了莫言作品的接受范围,其文学受众从小说读者延伸至影视观众,视听艺术的特质改变了小说平面文字的审美属性,

---

① 芥川龙之介:《芥川龙之介全集》(第4卷),魏大海译,山东文艺出版社,2012,第86页。

声光电及蒙太奇等艺术手法的运用，使小说文本的戏剧化获得了全新的艺术展现。

最后，莫言小说的戏剧化为其小说创作开辟了新的途径。莫言在《文学个性化刍议》中探讨了作家作品的个性化追求对文学创作的重要意义，由此可见他对文学个性追求的重视程度。20世纪80年代以来，莫言从接受西方小说写作技巧的启迪，到对这些技巧和小说形式的模仿与实践，再到吸收茂腔等戏曲语言从而向着民间文学"撤退"，其创作思路不仅日渐清晰，更愈显成熟。莫言小说的戏剧化探索不仅能够拓宽小说的内在容量，更在外在形式上突破西方小说强力影响所带来的限制，使其小说能够主动自如地与传统文化交融互渗，从而将小说艺术从庙堂的干瘪程式化拉回到民间的丰富多元呈现。莫言小说对民间戏曲元素的吸收与转化，体现出作家独一无二的创作个性，也为中国当代文学的民族化、大众化发展提供了些许借鉴。

结语

"戏剧性是小说最根本的美学因素之一"[①]，莫言小说创作的戏剧化及其审美表现是小说深层美学因素充分发挥的显现，时空结构、人物设计以及情节构造都因小说的戏剧化

---

①张清华：《存在之境与智慧之灯：中国当代小说叙事及美学研究》，福建教育出版社，2009，第222页。

而增添了独特的审美内涵。但这种跨越不同文体之间的艺术融合与尝试，不能因创新而混淆各文体的边界，小说的本质还是叙事，究其根源是要讲好一个故事，戏剧化只是辅助叙事的手段，不可为了营造矛盾而远离真实，为了激化冲突而扰乱人物与情节本身的发展轨迹。有学者提出"新世纪文学存在一种屏蔽内心的外向化趋势"[1]，当代作家的小说创作倾向于对生活图景的展现及与其他艺术的融合，在反映现实和小说形式方面倾注心血，却忽视了对心灵的追问和探索。文学的本质是关于人的艺术，它所表现的是人的情性与人的命运，在这方面戏剧与小说是相通的。因此，莫言小说戏剧化的艺术实践，不仅要通过小说外在的戏剧化回归民间，更要向内回归到每一个普通人的平凡心灵之中，后一方面不仅更为重要也更显深刻，也必将成为中国当代小说艺术努力探索的方面。

（原载《文艺争鸣》2018年第9期）

---

[1] 黄发有：《屏蔽内心：新世纪文学的外向化趋势》，《文艺研究》2015年第12期。

从"形式先锋""民间生存"到"社会现实"
——余华小说创作转向论

  自代表先锋文学初露锋芒的《十八岁出门远行》到被各方经典化了的《活着》，再到晚近毁誉参半的《第七天》，余华的文学创作之路几经转向，嬗变不已又辩证发展。从"十八岁"到"第七天"，余华从自我发现的话语先锋，到"款待"他人的聆听生存，再到见证时代的介入现实，这是一个趋于广阔的意识与创作的历程。在此间，作家余华不断地确立自我，也不断地拆解自我的边界，跳出固定的身份和狭小的地盘，日益走向深广的文学/社会现实。

一、余华小说的创作阶段及转向

  余华的小说创作大体可划分为三个阶段：第一阶段（20世纪80年代）为形式先锋写作，以《十八岁出门远行》(1987)、《现实一种》(1988)、《往事与刑罚》(1989)等为代表;第二阶段(20世纪90年代)为民间生存写作,以《活着》(1992)、《许三观卖血记》(1995)为代表;第三阶段(21世纪以来)为社会现实写作,以《兄弟》(2006)、《第七天》(2013)为代表。

1983年,余华开始文学创作。在川端康成的影响下,他相继发表了《第一宿舍》(1983)、《"威尼斯"牙齿店》(1983)、《星星》(1984)等笔触纤细、简约而唯美的作品。但这些练笔之作在当时并没有引起学界瞩目,让余华觉得自己的写作愈发促狭,"感到自己的灵魂越来越闭塞"①,似乎难以为继。直到1986年,余华遇到叙述上的自由主义者卡夫卡,才完成了首次蜕变:由创作上束手束脚的"小偷小摸",变成了自由无拘的"江洋大盗"②。得益于从西方现代派汲取的写作的自由之力,他从常识系统、主导逻辑与叙述规范中突围或离轨,大胆地亮出语言锐利而变形的锋刃,将文学体制挑开一道裂隙。余华的自我训练期由此告终,正式进入先锋写作期,或曰"毕加索时期"③,并与苏童、格非、北村等作家并肩先锋小说大潮,共同参与到形式实验与当代文学范式转向之中。在此阶段,余华小说以陌异、漠然、冷峻的语言面目示人,营造了一个怪诞、暴力、幻觉、险恶、

---

① 余华:《没有一条路是重复的》,作家出版社,2013,第105页。
② 余华、洪治纲:《火焰的秘密心脏(对话)》,《余华研究资料》,天津人民出版社,2007,第15页。
③ 程光炜:《余华的"毕加索时期"——以一九八六到一九八九年写作的〈十八岁出门远行〉等小说为例子》,《东吴学术》2010年第2期。

残酷肢解与时间紊乱的世界。他让远行之旅陷入荒谬之境（《十八岁出门远行》），让历史的暴力在血腥的自虐中重演（《一九八六年》），启动兄弟之间的轮回虐杀（《现实一种》），释放迫害狂的感觉世界（《四月三日事件》），拼缀众多命运与死亡的片断（《世事如烟》）……总之，他不遗余力地在传统现实主义成规与日常现实经验之外另造"现实一种"——余华个人的主观现实。

20世纪90年代，余华的长篇小说《在细雨中呼喊》《活着》与《许三观卖血记》接踵问世，既标志着他个人创作的转向也应合了先锋派整体上的"回撤式转向"。借用苏童的说法，这种回撤式转向指的是告别此前的先锋探索，转为"老老实实写人物，写故事"[①]。许多评论者都注意到余华由形式革命转向写实传统。的确，在此阶段，余华小说的技术化特征弱化了，斧凿痕迹隐去，语言与意象归于平实自然，叙事结构向传统线性回归，人物、故事与环境变得清晰具体。尽管死亡、鲜血与暴力仍在小说里延续，但读者从中感受到的不再是莫测、丑恶、惊悸与冷漠，而是单纯、苦难、悲悯与温暖。这一切使余华小说在20世纪90年代的美学呈现更像是一次由极端而纯朴、由疏离而亲切的艺术回归。但这种返璞归真与其说是自我驯化，毋宁说是自我克服：《活着》与《许三观卖血记》都从对自我内心幻象与叙述自由的专注转向了对广阔深厚的民间生存的瞩视。余华

[①] 汪政、何平：《苏童研究资料》，天津人民出版社，2007，第5页。

超越了主观与自恋，尝试着进入福贵、许三观等人的生存状态，在理解人物命运的过程中与他们共同生存。正像张学昕所言："余华在该阶段转向了对生存的严肃探索，这一时期的小说可称之为'生存小说'：它们'立足于作家对人的生存状态的思考和想象的广度和深度上'，既展示出'人的充满质感的存在状态图景'也表达出'人类面对苦难和命运时灵魂发出的内在声音'。"①概而言之，余华在此阶段创作转向的表征是从形式先锋到民间生存，从词的复活到人的复活。

及至新世纪，五十万言的小说《兄弟》面世，读者们即刻发现余华写作的再度转向，他用狂欢、粗鄙、奔泻的语言消弭了自我。余华通过《兄弟》表现中国人生活在"裂变中裂变"的时代经验，同时也完成了自我面目的"裂变中裂变"。如果小说上部的历史叙事犹可辨识作者的既往风格，那么下部的现实叙事，读者则见证了"作者之死"——那个写下"虚伪"或"高尚"作品的余华已然消解。对此，他本人曾说："于是《兄弟》出版之后的余华也许要对两个失踪了的余华负责，不是只有一个了。"②所谓"两个失踪了的余华"即暴力的余华和温情的余华，抑或说形式先锋的余华与民间生存的余华。正像福柯指出的，作品谋杀了作者，"取

---

① 张学昕：《论余华的"生存小说"》，《泰安教育学院学报·岱宗学刊》2000年第4期，第30—32页。
② 余华：《我们生活在巨大的差距里》，北京十月文艺出版社，2015，第2页。

消了他独特的个人性的标志"①。换个角度，我们也可以说是作品转变了作者，使其超越其所是。在德勒兹与加塔利看来，面孔即一种组织结构，而面孔的瓦解促进着生成②。经由《兄弟》的书写，"余华"裂变为另一个人，一个新的作者。

那么，"《兄弟》出版之后的余华"到底是怎样的余华？《兄弟》露骨而戏谑地展示荒唐社会之象，此阶段的余华是与社会现实短兵相接的余华，是转向当代现形记、目睹社会怪现状的余华。关于《兄弟》，不论是说它"直面现实生活的挑战"（张学昕语）、"'内在于'时代"（张新颖语），还是"顺势之作"（邵燕君语），抑或作家本人提出的"正面小说""时代现场"，都无不表明它是一部与现实紧密相连的作品。

晚近的《第七天》仍属面向社会现实的写作，尽管有了《兄弟》包罗万象、铺张恣肆的超量表达，也有了《十个词汇里的中国》非虚构的单刀直入，但余华选择通过亡灵视角再度切入现实，借"死无葬身之地"既比照又映照现实世界。《兄弟》中的李光头是一个活力充沛、扫荡伦理、不拘形迹的混世魔王，而《第七天》中的杨飞，则是一个飘荡在阴阳两界，游走于晨昏两端，虚薄无力、彷徨无地、茫然无

---

① 王潮选编：《后现代主义的突破——外国后现代主义理论》，敦煌文艺出版社，1996，第274页。
② 费利克斯·加塔利、吉尔·德勒兹：《资本主义与精神分裂（卷2）：千高原》，姜宇辉译，上海书店出版社，2010，第262页。

措的无根游魂，是低动力、弱意志的旁观者，杨飞可谓是李光头的另一个"兄弟"：在李光头们横冲直撞、走火入魔的背后，是杨飞们的徘徊与创伤。在《兄弟》的世界取景框之外，正是《第七天》的"死无葬身之地"，那里满载着被遗忘、不可感、不被承认的孤魂野鬼。尽管《第七天》有着亡灵世界的陌生化，像灰冷的叙述、斑驳的记忆、众亡灵在殡仪馆"候烧"的情景、奇奇怪怪的骨骼人等，但所有这些非但没有真正拉开与现实的距离，反而成为余华向现实之门实施多点爆破的利器，成为其接引并汇集社会事件的妙法。如何评价《第七天》的时事串合，学界存在较大分歧，但毫无疑问的是，余华在此阶段采取了直面社会现实的叙述姿态以及暴露式、直观式的再现方式。在余华向"社会现实写作"的整体转向中，其以往小说的各种突出要素在《第七天》中皆有体现；或者可以说余华以往小说的各类风格要素均服务于小说与社会现实的动态连接。也因为如此，余华才认为《第七天》是一部代表他全部风格的小说。

二、从创作意识到创作实践的转向

从"十八岁"到"第七天"，那个背着漂亮红书包出门远行的天真青年为何出发，而当其经历了现实世界的荒诞与残酷，领会了超然于善恶的"高尚"，何以又来到了"死无葬身之地"？由"形式先锋"而"民间生存"，又至"社会现实",余华的写作何以一变再变?在每一次转向中,"'读者'在守余华,不想余华却在'破'自己"①。借用福柯在《知识考古学》中的表达,读者们有序地清理、归纳和保管着"余华",赋予他标签——"怪异"与"暴力"或"朴素"与"温情",并要求他保持不变,而余华却一再通过新的书写摆脱了自我的面孔。余华写作变化的契机之一,便是他各阶段创作意识的变化:从"自我"意识到"款待"意识,再到"见证"意识。

20世纪80年代,余华小说的形式"虚伪"显示其自觉的话语先锋意识,这自然不只是叙述本身的变革,更是他对"真实"的深刻怀疑与哥白尼式的倒转。这里的真实不是指真实世界,而是指对真实世界的程式化的表征与理解。传统现实主义与日常现实生活赋予人们一种有关真实的固定的取景框,这个取景框有其边界限定和中心/边缘的分配,定义了何谓真实、如何真实以及真实度怎样。作家余华所质疑的正是这个稳固的取景框以及由该框架所框定的真实经验。他不想再围绕被框定的真实来写作,而是试图围绕自我心目中的真实来展开叙述。这个"自我心目中的真实",已包含了个人的想象、梦幻、幻觉与欲望。此处突显的与其说是真实,毋宁说是自我。只有挣脱固定的有关真实的取景框,余华才能发现并发出自己的声音,参与有关真实的歧义。

吉尔·德勒兹(Gilles Deleuze)曾认为,现代画家在作

---

①张新颖:《时代,亡灵,"无力"的叙述》,《长城》2013年第9期,第173—176页。

画之前，画布已预先地被各式各样的陈套和照片入侵包围了。换言之，画家所面对的画布并非一个空白、全新的表面。整个表面实际上已经被各种俗套图像所覆盖，而画家必须打破它们。在德勒兹看来，画家的首要工作与其说是填充空白的表面，毋宁说是要清空它。余华的先锋写作也是如此，事先就存在着一个对话语境与创作前提：他面对的也并非是一页空白稿纸，而是一种文学体制、一种小说范式。在作家落笔创作前，稿纸的表面已然层层叠叠地覆盖了当代中国既定的日常经验秩序、表象体系、审美惯例与阐释语码。作家首先要做的便是撕裂这一"表面"，而后才有自己的自由创作，才有自我心目中的"真实显现"。正如张学昕所说，余华扰乱既定的叙述秩序，混淆现实与感觉之后，"个人化经验的特殊性便凸现出来"。他所要接近的世界真实状态是从其强劲的想象中产生的。[1]因此，话语先锋意识的背后是强劲的自我的意识，是对自我的声音的凸显。余华认为："先锋文学"只是一个借口，重要的是"我对真实性概念的重新认识"[2]。而对真实性概念的重新认识或许也是余华的一个借口，重要的是这种认识须立足于"我"、释放出"我"——从日常经验中逃逸的"我"，而非某种程式。

余华在20世纪90年代的长篇小说写作过程中形成了"款待"意识，而这种款待意识又影响着他的长篇小说写作。款

---

[1]张学昕：《论余华的"生存小说"》，《泰安教育学院学报·岱宗学刊》2000年第4期。

[2]余华：《没有一条道路是重复的》，作家出版社，2013，第106页。

待必定是舍弃了唯我独尊的姿态，是对造访者/他者的迎接。自我意识下，余华强调自己的发声，对小说中的世界与人物发号施令；而款待意识下，作家强调的是倾听和平易近人。在雅克·德里达看来，款待即让自己被超越、被压倒、被突然造访，准备好去"无所准备"，对造访者/他者保持开放与聆听。

　　这种审美态度的转变首要体现在作者对人物关系的重塑。他（作者）从自我独白转向聆听他者（人物）。这时的小说人物不再是符号化、观念化、形式化的单薄剪影，而是有了血肉与生活的充盈，有了独立的命运、生活与感觉的逻辑，拥有了独立的叙述声音，已不为作者的单一意识所左右。余华认为："先锋"阶段的他是一个"暴君式的叙述者"，人物都是叙述中的符号、由他任意驱遣的无言的奴隶，被封闭在作者的有限的意识范围里。因此，"这些人物并没有特定的生活环境"，导致"那时的作品都没有具体的时间和空间描写"。直到写作《在细雨中呼喊》，他发觉人物开始反抗他的独裁统治，"他们强烈要求发出自己的声音"，显现离心的力量。

　　《活着》整个故事是由主人公福贵向"我"讲述出来的。文中"我"对福贵的聆听，不是为他提供一种发声形式，甚至也不是一种对他的把握，而是对福贵保持一种"身心敞开的状态"，是对人物及其命运的"迎接"。福贵的出场是不期而至的：先闻其声，一声声吆喝惊扰了"我"的睡梦；而他的离去，也出乎"我"的预料："老人说着便起身离开，与老牛在黄昏里渐行渐远"，留下"我"在原地，其歌声在空旷的傍晚兀自回荡。福贵之于"我"，正像是雅克·德里达所谓的"不速之客"；而"我"对福贵的"迎接"，正像是一种对不期而至的"造访"的款待。如前所述，在这种"款待"中，"我"并无准备，未曾为造访者（福贵）设定言说条件，而"我"亦随着聆听而发生改变。唯其如此，当福贵讲完那未完的一生命运，"我"被他召唤而去，跃入民间的生存境遇，而不是停驻在自我的世界，如此"我"和读者才能够"看到广阔的土地袒露着结实的胸膛，那是召唤的姿态"①。虽然余华在《许三观卖血记》中没有设置一个作为聆听者的"我"，但他表示在写作过程中自己只是一个"无所事事"的作者，一个试图取消"作者"身份的作者，一位感同身受的聆听者。②总之，不论是福贵还是许三观，他们拒绝作者的占有与权利，冲破框限他们的形式。他们的一生是难以统握的齐善恶的"高尚"，正像是莫言笔下齐生死的土地。

如果说余华的创作转向有赖其创作意识与审美态度的变化，那么他的新的创作意识又来自何处？它不是余华从某一概念或观念本身出发指引写作的结果，而是在现实的具体的实践中产生的。换言之，他的创作意识的转变有赖其现实实践的转变。这一现实实践的转变，便是余华在20世纪90年代转向了长篇小说的写作。应该说，长篇小说体式是余华创作

---

①余华：《活着》，上海文艺出版社，2004，第194页。
②余华：《许三观卖血记》，上海文艺出版社，2004，中文版自序。

转向的软性决定因素，使他对人物命运的"款待"、对民间生存的聆听成为可能。这一点容易被学界忽略，毕竟通常看来，篇幅长短似乎无关创作意识。但实际上，至少对余华而言，篇幅的拉长意味着作者的失踪，伴随而来的是焦点的转移——由词语、结构转向人的命运。他说："相对于短篇小说，我觉得一个作家在写长篇小说的时候，似乎离写作这种技术性的行为更远，更像是在经历着什么，而不是在写作着什么。换一种说法，就是短篇小说表达时所接近的是结构、语言和某种程度上的理想。短篇小说更为形式的理由是它可以严格控制在作家完整的意图里。长篇小说就不一样了，人的命运，背景的交换，时代的更替在作家这里会突显出来，对结构和语言的把握成了另外一种标准，也就是人们衡量一个作家是否训练有素的标准。"[1]长篇小说写作拉长了写作时间，而在此过程中，余华似乎失去了作者之于作品的中心地位。他不再能够将叙事封闭在自己的意图里，无法在小说的每一细部都打上自己的鲜明烙印，也难以确定作品的完成方向，只能"贴"着人物前行，由人物的声音牵引。长篇小说写作之于余华，是去作者中心化的生成过程。与此相随，被定位在"作者"一端的技术、形式与叙述语言不再突显自身，写作向人与时代敞开。这是余华的"款待"意识赖以确立的条件。在余华看来，长篇小说的语言并非不重要，而是不再强调对自身的展示。这种长篇小说语言观在他下一阶段

---

[1] 余华：《没有一条道路是重复的》，作家出版社，2013，第112页。

的写作中依旧延续着。

　　新世纪以来，余华的创作意识由"款待"转向了"见证"，由"聆听"转向"看见"：从"聆听"一首单纯的"有始无终的民歌"，转向"看见"时代现场的众生万象。在"款待"意识下，作者是无所事事的聆听者，故事仿佛是由他人自行言说而成，作者并不比读者知道得更多，遂有《活着》《许三观卖血记》。但在"见证"意识下，作者是积极介入的目击者，是时代的测绘者，并引导读者去见其所见，遂有《兄弟》《第七天》。

　　不过，不论是"款待"意识还是"见证"意识，余华对文学叙述语言的理解都不再封闭于语言本身。他在《〈兄弟〉创作日记》中指出，"文学叙述语言不是供人观赏的眼睛，长得美或者不美；文学叙述语言应该是目光，目光是为了看见了什么，不是为了展示自身，目光存在的价值就是'看见了'"[①]。将语言作为"目光"，似乎是回到了亚里士多德式的"摹仿"，实际上，每一次摹仿都是重构。余华的这种文学语言观让他的写作再度获得解放，抑或说再度"放肆"起来，即敢于放出"目光"，敢于"看见"一切，而不必担心因此会影响"眼睛"之美。同时，文学语言作为"目光"，其存在价值是"看见了"，余华在这里强调的不是个人的能见与所见，而是一种社会的能见与所见。

　　[①]余华：《我们生活在巨大的差距里》，北京十月文艺出版社，2015，第206页。

见证具有集体、现场与未来的维度。见证并非单纯地只是个人所见与个人记忆,虽然它来自个人经验,但它总是包含着向集体感知与集体记忆转化的努力。在余华这里,一方面,见证是面向当下的发言与指认,力图引导现世读者重新回到、重新辨识并重新确认时代现场;另一方面,见证是面向未来的记忆,为未来人铭刻当下万千无名者的经验,是对现代化逻辑的顽强抵抗。正是抱着这样的见证意识,余华写下了《第七天》这部争议极大的小说。余华曾这样表述自己的创作动机:"我不仅想在我的写作生涯中留下一部文学作品,同时也想留下一个突出的社会文本,就像城市里的地标建筑一样,人们在寻找某一个位置时会把地标建筑当作方向来辨认,文学作品有时候也应该有地标,这是时间的地标也是社会历史的地标,几百年以后人们回过头来,想在文学作品中寻找已经消失的某一阶段的社会历史时,会需要这样的地标。"[①]留下突出的"社会文本",这是作家余华新的自我选择。可以说,《第七天》便是一部充分显现其见证意识的见证文学。他更重视其作为社会文本的公共意义,而不是纯文学的意义。作家期待着它成为一个公共的时间地标,一份社会历史的持久证言,为当下的判断与未来的回视提供参照。余华以文学的方式,冒着丧失"文学"的风险,成了一个社会行动者:见证者。

---

① 余华:《我只知道人是什么》,译林出版社,2018,第199页。

三、转向呈现：关切现实，直面生活的"作见证"

如何评价余华的创作转向？怎样看待其创作意识的变化？余华的形式先锋小说与民间生存小说早已被经典化了。他在20世纪80年代的先锋创作被看作具有革命意义的形式解放、语言解放与感觉解放，是文学史叙述无法忽略的"雪崩"现象，而其确立自我的《十八岁出门远行》，也已进入中学语文课堂。20世纪90年代的《活着》与《许三观卖血记》的成功自不待言，不仅在职业批评家中颇受好评，而且在大众读者中声誉也很高，已分别被张艺谋和河正宇改编成电影。尽管余华在这两个阶段的小说皆为人所称誉，但由此及彼的转变却并非单纯的平面位移，而是一种回归式进阶、一种自我否定式的跃迁。经历了历史转折，先锋文学日趋暴露自身的狭隘与疲劳，其对西方现代主义去历史化的迷信逐渐得到反思，其"私有财产的神话"[1]开始遭到批判。在这个时候，余华适时地完成了自我省视与自我重构，从"先锋理念"沉降到辽阔深厚的"民间大地"，开始肯定普通人现实生存经验的真实性，叙述臻于精纯，在简约朴素的语言中呈现他人"眼泪的宽广和丰富"。余华的这一转变通常被批评家们视为从实验期进阶到成熟期的表现，且"从不同角度达到了当代小说的极致"[2]。

---

[1] 张旭东、蔡翔、罗岗等：《当代性·先锋性·世界性——关于当代文学六十年的对话》，《学术月刊》2009年第10期。
[2] 程光炜：《论余华的三部曲——〈在细雨中呼喊〉〈活着〉〈许三观卖血记〉》，《中国现代文学研究丛刊》2018年第7期。

鉴于以上原因，人们有理由期待余华依循20世纪90年代的成功之路，再创经典。但余华对文学的新期待却偏离了许多读者既定的审美期待，这不仅让《兄弟》与《第七天》饱受争议，作家本人也不得不一再自我辩护。在《许三观卖血记》之后，余华有感于社会环境的急遽变化、纷繁复杂的猛烈冲击，开始愈加期待文学可以有所作为，承担社会责任，关切社会现实。

结语：走向深广的文学/社会现实

最初的余华，正像是《十八岁出门远行》里的"我"，蜷缩在卡车内部（自我的内心世界），宣告"自我"的诞生。这是20世纪80年代悬而未决的"自我"：既可能有消极的走向，幽闭于自我，无视他人与外部；也可能有积极的走向，向外部重新开放。[1]而今可以确证，余华早已走出个人内心的风景与游戏，完成了否定之否定的发展，成为积极的文学行动者。

（原载《当代文坛》2019年第4期）

---

[1] 金理：《"自我"诞生的寓言——重读〈十八岁出门远行〉》，《文艺争鸣》2013年第9期。

第三辑

海外汉学

海外中国现当代文学研究与大陆文学史研究范式的转向

  20世纪80年代以来，海外中国现当代文学研究有其内部的辩证发展，成果斐然；而大陆的文学史研究范式亦几经转换，未尝滞缓。一方面，大陆每一次范式转向，都离不开海外影响；另一方面，海外中国现当代文学研究的谱系也并非孤立形成，可以说，在历史剧变之际，在海内外密切互动之间，海外与大陆形成动态的对峙与对话、辩证与互补的关系，由此推动了大陆的文学史研究范式的几番转向：由"革命"范式而现代化范式，再到现代性范式（内部又有分化）。本文以夏志清、李欧梵、王德威及唐小兵几位作家的作品为例，尝试说明上述情况与关系。

新世纪文学的历史现场

一、夏志清：《中国现代小说史》与文学史现代化范式转向

　　20世纪80年代的中国进入历史转型，具体于中国现当代文学领域，文学史研究范式也因新的历史情势而嬗变：一方面，大陆文学史叙述的革命范式陷入危机，日趋式微；另一方面，现代化范式通过对前者的批判得以确立，取而代之。这一范式的转变，一方面体现为主张文学史叙述的独立性与文学史自身的有机完整性，吁求摆脱作为社会政治史的附庸地位，比如"二十世纪中国文学"的提出，其以现代化叙事来取代革命史叙事，借此颠覆奠基于《新民主主义论》的文学史分期及其所内蕴的性质指定与价值秩序；另一方面体现为确立文学史研究的文学性、审美性标准，取代此前的政治性标准，比如上海的"重写文学史"事件。由"革命"而现代化的文学史研究范式的转向，与其说是回到文学自身、恢复文学史本来面貌，毋宁说是透过另一种语汇来重新描述文学史，是20世纪80年代人文领域话语转型的产物。如果说20世纪80年代中国知识界的现代化叙事（"新启蒙"叙事）直接或间接地受到美国现代化理论的影响，并积极参与到现代化理论的散布与再生产过程中[1]，那么具体于文学史的范式转向，其理论与实践的重要源头之一则来自夏志清的《中国现代小说史》。虽然该著作大陆版迟至2005年方始刊出，但其

---

[1] 贺桂梅：《"新启蒙"知识档案》，北京大学出版社，2010，第42—45页。

英文版及港台版早已于20世纪80年代进入大陆学人视野。正如陈子善在"编后记"中所言："回顾上个世纪八十年代以来的中国大陆现代文学研究的每一步发展，包括'二十世纪中国文学'命题的论证，包括'重写文学史'的讨论，包括对沈从文、张爱玲、钱锺书等现代作家的重新评论，直到最近'重建中国现代文学研究学科的合法性'的提出，无不或多或少、或直接或间接地受到《中国现代小说史》的影响和激发。"在陈子善看来，正因为"它提供了与中国大陆学界研究现代文学不同的理论框架，对中国现代文学史做出了与大陆主流话语不同的学术阐释"，所以"受到许多希望打破僵化研究模式的中国现代文学研究者的重视"。①

二、李欧梵与王德威："被压抑的现代性"与文学史现代性范式转向

随着20世纪90年代现代性范畴的引入，现代化范式的局限性得以暴露，终被取代，由此完成新一轮的文学史研究范式的转向：从现代化范式转向现代性范式。有学者称之为"华丽转身"②，我们至今犹在向现代性范式的"华丽转身"之间。从现代化到现代性，绝非概念的改头换面，而是

---

①夏志清：《中国现代小说史》，复旦大学出版社，2005，第500—502页。
②张志忠：《华丽转身——现代性理论与中国现当代文学研究转型》，首都师范大学出版社，2009年版。

意味着文学史视阈的转换：从"追求现代化"到"反思现代性"①。现代性以内在的张力与矛盾、内容广泛、形式繁复、迂回曲折，成为一个极具包容性的概念，成为新的文学史叙述的主导线索。自20世纪90年代迄今，现代性概念不断膨胀，蔚然成势，言必称之。诚如温儒敏指出："20世纪90年代以来，'现代性'在现当代文学研究领域几乎成为统摄性的概念，无论文化研究还是思想史研究，都乐于采纳这个研究视野，诸如'现代性''反现代性'的相互冲突与依存关系以及文学作为'民族国家寓言'的观念，成为重新书写文学史的逻辑起点，并试图以'宏大叙事'的姿态颠覆旧有的研究方式与习惯。"②

如果说20世纪80年代文学史现代化范式的建构，与夏志清的《中国现代小说史》的审美启蒙直接相关，那么20世纪90年代以来文学史研究向现代性范式转换，在很大程度上则来自继夏志清之后的海外学人的推动与影响。王德威指出，海外学人的"现代中国文学研究最重要的成果之一是对'现代性'的探讨"。③刘剑梅也指出："美国近年来出现的许多对中国现代文学的研究，可以被看作是努力叩问现代性的结果，尤其是叩问现代性与进步、革新、革命、启蒙、民族解放等概念之间的内在联系。其意义在于质疑五四作家最初确

---

①旷新年：《文学史视阈的转换》，北京大学出版社，2013，第293页。
②温儒敏、李宪瑜、贺桂梅、姜涛等：《中国现当代文学学科概要》，北京大学出版社，2005，第406页。
③王德威：《海外中国现代文学研究的历史、现状与未来》，《当代作家评论》2006年第4期。

立起来的文学标准。"①尽管王、刘二人此后皆敏锐地指出相关现代性论述的局限所在，即对历史性的轻忽，却共同道出如下事实：在海外中国现当代文学研究中，"现代性"已成为最突出的大概念；海外学人通过对"现代性"的反复叩问，取得诸多有意义的成果。在海内外频繁互动之际，现代性问题引入大陆，相关成果渐次进入视野。不论是踊跃借鉴还是激烈辩难，海外学人对中国现代性的论述以及由此对中国现当代文学史的建构，都对大陆学界构成重要参照与深刻影响。

李欧梵开风气之先，最早将现代性理论引入中国现代文学研究，以"追求现代性"一语来概括1895—1927年中国文学的总体趋势。他以中国文学与文化的现代性研究为人称誉，卓有建树，在国内产生广泛影响。他借重马泰·卡林内斯库的"两种现代性"的论述，作为中国现代文学史的阐释框架。一种现代性是历史的现代性，经由启蒙主义与工业革命发展而来，指社会、政治、经济等合理化进程，是对科技发展与理性进步的乐观态度。另一种现代性是"美学的现代性"，是对前者的反叛、疏离与否定，发端于浪漫主义运动，并产生后来的现代主义运动。在李欧梵看来，由"文学革命"而"革命文学"，直至"当代文学"，无不由历史的现代性所统摄。而诸如新感觉派的颓废叙事、张爱玲的苍凉美学，则与"五四"以来的历史的现代性形成对抗，构成启

---

① 刘剑梅：《革命与情爱》，郭冰茹译，上海三联书店，2009，第4页。

蒙与革命进程的反调，是一种美学的现代性。他认为，历史的现代性"经过五四改头换面之后（加上了人道主义、改良、革命思想和民族主义），变成了一种统治性的价值观，文艺必须服膺这种价值观"①，而因为现实主义这种小说叙述模式被认为最能够表达历史的现代性，所以备受推崇，成为主潮，在价值上也被认为高于其他文学形式。相形之下，美学的现代性遭到压抑。这意味着历史的现代性并未得到充分省思，变成一种意识形态与历史重负，成为"独白"的话语形式。历史的现代性不仅是中国现代文学史的主潮，也支配着大陆主流的文学史论述。针对大陆的研究，李欧梵有意唱反调，致力于发掘被压抑的美学的现代性。他采用边缘视角，同大陆这一"中心""主流"保持距离，另起炉灶，别具手眼，洞见文学史的边缘者及其脉络，对大陆主流论述构成反拨与辩证，如其所称："多年来我就一直试图'超越'大陆学术界挂帅的现实主义与革命主潮。"②故此，他的研究偏重于浪漫主义与现代主义。他于文学史中现实主义总趋向中去探索"情感的历程"，追踪"中国现代作家的浪漫一代"的命运沉浮，使浪漫主义文学谱系得以显现；又在革命主潮的一旁漫谈颓废的美感与启示，由《红楼梦》的颓唐之美，到鲁迅的幽暗面、郁达夫的颓废气，又至20世纪30年代上海都市文学，令"颓废"的现代主义传统"浮出历史地表"。

---

① 李欧梵：《现代性的追求》，人民文学出版社，2010，第145页。
② 李欧梵：《现代性的追求》，人民文学出版社，2010，序言第2页。

李欧梵与王德威对"晚清现代性"的论述，在大陆学界影响颇大，嗣后诸多大陆学者都从现代性角度来研究晚清文学，拓宽了现代文学史的叙述范围并更新了研究视野，正如杨联芬指出："从现代性的角度来看晚清及'五四'前的文学，大抵可以避免因价值判断的单一而出现的文学史叙述的'空白'或'盲区'。"①较之于李欧梵，王德威的"晚清现代性"论述更具刺激性与争议性，"被压抑的现代性"的提出及"没有晚清，何来'五四'"的惊人论断，在大陆的反响迄今未绝。可以说，"在20世纪80年代的'重写文学史'与'二十世纪中国文学'之后，还很少有一个有关中国现当代文学研究的命题像王德威的'没有晚清，何来"五四"'这样被反复谈论"。②王德威不只是如李欧梵一样打破"五四"起源论，把现代性的追求上溯至晚清，更在于他赋予晚清文学重要的文学史意义，认为它比"五四"的现代性更为宽广而丰富，更为参差多态、活力充沛，更具复杂性、创造性与实验性，产生出"多重的现代性"。在他看来，"五四"的文学革命只是单一的现代性，因此"五四"非但不是中国文学现代性的伟大开创，反倒是对晚清文学现代性的窄化，以其独尊的典范压抑了晚清文学的多重现代性，从而遮蔽了更为复杂多样的可能。一方面，王德威与夏志清、

---

①杨联芬：《晚清至五四：中国文学现代性的发生》，北京大学出版社，2003，第12—13页。

②李杨：《"没有晚清，何来'五四'"的两种读法》，《中国现代文学研究丛刊》2006年第1期。

李欧梵的观点一脉相承，贬抑"五四"以来的"感时忧国"传统，指摘现代作家对历史的现代性的执着和对现实主义的偏好，认为其压制了远为丰富的文学实验，阻碍了文学艺术走向成熟；另一方面，他仍不满足，更进一步告知我们那富于活力的艺术实验与现代性的多重面孔早在晚清便已显现，彼时已然众声喧哗、斑斓繁复，不似"五四"那般独白与单一，只是未得充分发展便被压抑下去，殊为遗憾。王德威认为，作为今时的读者，尽管不能改变历史已然的走向，但却可以去想象晚清的多重可能的走向。"这些隐而未发的走向，如果曾经实践，应使我们对中国文学现代性的评估，陡然开朗。"①也就是说，凭借对隐而未发的现代性的想象，有助于我们跳出"五四"窠臼，突破大陆关于"五四"的主流论述，在新的视界中看到"中国现代文学另一种迷人的面相"。由此，王德威向大陆的现代文学史叙述发出质询，邀我们重估中国文学现代性："我们必得扪心自问，在重审中国文学现代性时，我们是否仍沉浸于'五四'那套典范，而昧于典范之外的花花世界呢？"②

不论是李欧梵对美学的现代性谱系的勾勒，还是王德威对晚清现代性的建构，无不是以边缘颠覆中心，皆可视作是对被压抑的现代性的发掘与彰显，这也是海外中国现代文

---

① 王德威：《被压抑的现代性——晚清小说新论》，北京大学出版社，2005，第9页。
② 王德威：《被压抑的现代性——晚清小说新论》，北京大学出版社，2005，第10页。

学研究的重要路向，即重新审视文学史的主流论述，一方面质疑宏大叙事，暴露其压抑机制，另一方面重新发现被宏大叙事所压抑的存在。在海内外学界对话的态势中，海外学界提出被压抑的现代性所针对的主流的、中心化的论述，往往就是指大陆的文学史论述，后者被视为单一的"中心"、需要检讨的压抑机制。诚然，海外研究在别有洞见的同时也不免盲视，但也探明了大陆研究的盲区，指明其僵化、狭隘之处，在整体上与大陆形成互补与辩证，由此使现代性的多元性与历史的复杂性得以呈现。

三、唐小兵："再解读"与文学史现代性范式转向

与大陆文学史现代性范式转向密切相关并引起关注与热议的，除了前述被压抑的现代性的提出，还有唐小兵的"再解读"思路的传入，其已然构成20世纪90年代大陆当代文学史研究的路向之一，对"重新建构当代文学史的历史图景产生一定影响"[1]，而《再解读：大众文艺与意识形态》一书业已成为研究左翼经典的"经典"之作，"一直是内地学者的相关研究中引用率最高的文献之一"[2]。如果说李欧梵、王德

---

[1] 温儒敏、李宪瑜、贺桂梅、姜涛等：《中国现当代文学学科概要》，北京大学出版社，2005，第173页。
[2] 唐小兵、黄子平、李杨、贺桂梅：《文化理论与经典重读》，《文艺争鸣》2007年第8期。

威分别凭借卡林内斯库与福柯来发掘美学的现代性、晚清现代性,那么唐小兵则是借鉴法兰克福学派理论与彼得·比格尔对先锋派艺术的论述,来阐释中国左翼文学与文化的"反现代的现代性",赋予其先锋品质。"再解读"对于大陆的文学史研究的影响,不只在于引入当代西方诸种批判理论,或引发所谓的"'再解读'学术现象",更在于参与了新左派文学史观的建构,带来了新的文学史论述、新的解释历史的总体性范畴,即"反现代的现代性"①。郑润良指出,唐小兵的"再解读"是新左派文学史观的始作俑者。②

"再解读"虽然由海外学人率先提出,但却与大陆的学术语境与历史语境的变化有着千丝万缕的联系。唐小兵回顾说:"'再解读'的提出,确实和国内《上海文论》80年代首先提出的'重写文学史'有一定关系。"③作为"再解读"的参与者刘再复也认为,"再解读"是20世纪80年代大陆"重写文学史"的课题在海外的延伸,④其对文学史解构与重构的意图,对经典文本重释的尝试,造就一种新话语的实践,确与"重写文学史"的课题相一致,在某种程度上显现出延伸性。但另一方面,毕竟时空语境已变——由国内而

---

① 曾令存、李杨:《"再解读"与"反现代的现代性"——当代文学学科史访谈录》,《中国现代文学研究丛刊》2011年第12期。
② 郑润良:《论唐小兵的"再解读"与新左派文学史观》,《厦门教育学院学报》2010年第5期。
③ 李凤亮:《彼岸的现代性:美国华人批评家访谈录》,广西师范大学出版社,2011,第238页。
④ 刘再复:《"重写"历史的神话与现实》,唐小兵主编:《再解读:大众文艺与意识形态》(修订版),北京大学出版社,2007,第250页。

海外、由20世纪80年代的"追求现代化"而20世纪90年代的"反思现代性"——其"问题与方法"已迥别于"重写文学史",因此与其说是一种延伸,毋宁说是一种转向。这种转向既包含了对20世纪80年代"重写文学史"的不满与反拨,也包含了对20世纪80年代以来大陆社会与文化转型的批判与反思。

唐小兵一方面不满于"五六十年代的一些文化产品在八十年代末的历史语境中没有得到应有的关注",故而以左翼文学与文化作为研究对象;另一方面不满于纯粹的审美研究,因此尝试将作品放到思想史、文化史层面来"再解读",挖掘其历史价值。[①]20世纪80年代现代化范式下的"重写文学史"运动是在文学/政治、审美/历史、启蒙/救亡、现代/传统等一系列二元对立框架之下展开的,将20世纪40年代至20世纪70年代左翼文学定位于二元结构中的政治、历史、救亡及传统的一端,从而确立独立的审美的文学史叙述原则,以追求现代化之名来压抑左翼文学传统。在20世纪80年代的"重写"实践中,当代文学史不仅了无文学价值,更被判定为压倒启蒙的非现代品性。而"再解读"显然与此有别,其尤为关注左翼文学与文化,而且并非对文本做相对封闭的形式批评,相反,它力图超越文学/政治、审美/历史的二元对立,辩证地联系内部批评与外部批评、形式与内容,而所谓"形式"与"内容"已逾越文本本身,敞向社会历史之维。

[①]李凤亮:《彼岸的现代性:美国华人批评家访谈录》,广西师范大学出版社,2011,第238页。

同时，引入现代性范畴，赋予左翼文化以"反现代的现代性"内涵与先锋派特质，并对其历史复杂性做出阐释。

20世纪90年代"再解读"与20世纪80年代"重写文学史"的差异，并非只是研究思路与理论方法的不同，更反映出问题意识、意识形态及文学史观的差异。如果说"重写文学史"所针对的是20世纪40至70年代"革命"范式的文学史叙述，那么"再解读"一方面对20世纪40至70年代的体制化叙述（"革命"范式）进行解构，另一方面也对20世纪80年代的主流叙述（现代化范式）形成冲击。前一方面可以说是"重写文学史"的深化，后一方面则构成批判性、反思性的转向。总而言之，"再解读"与"重写文学史"之间的差别，既可以说是现代性范式与现代化范式的差别，也可以说是新左派文学史观与新启蒙文学史观的差别。如前所述，这当然与大陆历史语境的变化密切相关。唐小兵关注的是大陆新的历史情势，比如市场社会的到来，市场逻辑对文化、日常生活及个人无意识的全面渗透，商品成为新主流意识形态，资本成为新的社会参数，大众文化的兴起，红色经典的影视改编，等等。唐小兵说："从某种意义上讲，对'十七年文学'的解释、再认识是和对当下社会的批判、反思联系在一起的，所以它既是一个学术性问题，同时也包含了意识形态和价值判断问题。"[1]

---

[1] 李凤亮：《彼岸的现代性：美国华人批评家访谈录》，广西师范大学出版社，2011，第246页。

结语

  中国现当代文学史的重写活动无时或已,其间变动频仍、新机迭现。一方面,海外中国现当代文学研究在大陆的文学史重写活动中扮演着重要角色,不仅在于其作为众声喧哗间的另一种声音与大陆学界共鸣应和或龃龉相悖;也在于其所建构的别样又多样的文学史图景,促进了文学史叙述多元化格局的形成,给大陆的文学史重写提供了思想、方法及语汇变革的参照,对大陆的文学史范式的几番转向起到了推动作用,具有借镜观形之意义。文学史研究由革命范式转向现代化范式,有赖夏志清的审美启蒙。而从现代化向现代性的转移,一方面离不开李欧梵、王德威的影响,另一方面也与引入唐小兵的"再解读"有关。不论是晚清被压抑的现代性还是反现代的现代性,至今犹是富于影响与争议的研究热点。当然,"异邦的借镜"间或形成另一种遮蔽,传自彼岸的另一种声音难免携入"塞壬的歌声",但毕竟在历史的想象与叙述上为我们打开了多重可能,而我们也不能不与之反复对话。由海内外不同的范式及各范式下的不同叙述所呈现的文学史面貌,总是难免差异,甚而截然对立。但也正是在彼此的激烈分歧之间,我们才得以把视角相对化,从而获得反思与改善的可能。另一方面,海外中国现当代文学研究自身的嬗递自有其内部的脉络,应和着西方的历史与理论转型,但也与大陆的学术语境与历史语境的动向密切关联。换言之,海外学界并非向西独语,而总是把大陆视为反拨、论辩及对话的对象，探及大陆文学史研究的盲区、薄弱点及僵化处，转为自身的生长点与突破口，这也为大陆的学术转型带来激发与启示，形成双方互补与辩证的关系。

（原载《文艺争鸣》2016年第3期）

第三辑　海外汉学

全球化时代的"文化自觉"与"五四"重释
——张旭东"五四"论述的方法与启示

"五四"新文化运动自诞生至今已经近百年，而自其发生以来，有关"五四"的学界论述一直未曾中断，这其中不仅新的观点层出不穷，而且有争议的观点不时显现，已经构成"一道隐含丰富政治内涵的'文化景观'"，一部波澜壮阔又波诡云谲的"五四言说史"①。透过"五四言说史"，"五四"的多重面孔得以呈现，因时而变，随事而转，暧昧难辨，彼此迥然相异，甚至截然对立，又互为补充与辩证。这既在历时层面折射出社会历史转型、思想文化变迁的轨迹，也在共时层面映照出意识形态分化、价值立场冲突的格局。因此，与其说"五四"是单数、透明的历史"文物"，一个意义凝固的事实；毋宁说它是复数、多歧的历史文本，

---

① 陈平原：《波诡云谲的追忆、阐释与重构——解读五四言说史》，王风、蒋朗朗、王娟编：《重回现场：五四与中国现当代文学》，北京大学出版社，2014，第24页。

是源源生成意义的事件。它一直活跃于当代中国的思想文化领域，并以其丰富的塑造性与巨大的感召性力量，与现实界定、未来想象产生互动关联，形成互构关系。

正因为"五四"据于中国现代文学史之要津，所以一代代人从特定历史语境出发与之对话，各种力量据于特定立场围绕它进行意义争夺。可以说，如何阐释"五四"，事关如何叙述现代中国的故事，包括对中国现代文学史的理解与评价。时至新世纪，中国崛起备受瞩目，中国道路广受热议，文化自觉的诉求日益凸显，"全球化时代的文化认同"（张旭东语）成为重要议题，在这样的背景下，如何在新的历史语境中与"五四"展开对话，如何在新的问题意识下重释"五四"，又如何整合或超越既往的"五四"论述，就成为一个重要的问题，构成一种思想的挑战。张旭东的"五四"论述就是自觉回应这一问题与挑战的尝试与努力。他在更为宽弘的视野与语境中赋予"五四"全新的意蕴。面对现代历史与传统的"五四"阐释，他如何重释，给中国叙述及文学史学带来怎样的理论启示是本文所要探讨的重要问题。

一、"文化自觉"的诉求与取向

张旭东的《"五四"与中国现代性文化的激进诠释学》[①]

[①] 张旭东：《"五四"与中国现代性文化的激进诠释学》，《现代中文学刊》2009年第1期。文中的张旭东引文，如不特别注明出处，均见此刊此文，仅注明期刊页码。

一文，是为纪念五四运动九十周年而作，值得注意的是，其另一个标题是"只有'五四'才能帮助中国在全球化中找到方向"[1]。由此可见，全球化、中国在世界舞台上的位置变迁以及中国与世界的关系变动，构成张旭东重释"五四"精神内涵的新的历史语境。基于这一前提，中国怎样应对全球化的挑战，其在世界格局中如何重新理解与肯定当下的自己、如何探索未来的方向与道路、如何确立自身的主体性，构成张旭东"五四"论述中最为根本的问题意识。如其所言："以2008年为契机，我自己越来越自觉地参与到有关中国认同、中国模式、中国道路、中国价值的思考和讨论中去。这个持续渐进的过程在2009年随着一系列纪念和庆祝五四运动九十周年和中华人民共和国成立六十周年的活动而达到一个高潮。"[2]由此可见张旭东试图通过重释"五四"来回应前述问题，借此参与相关讨论，即通过重释"五四"来重述中国故事、重构中国认同、重思中国价值。质而言之，这是文化自觉的诉求与取向之下的"五四"重释。

进入新世纪以来，在全球化处境中对中国主体性、文化自主性的寻求或者"全球化时代的文化认同""全球视野下的中国道路"等问题，成为中国知识界的重要议题。知识界围绕此议题业已取得丰富的理论成果，影响深远但又颇具

---

[1]张旭东的《"五四"与中国现代性文化的激进诠释学》一文，曾以"只有五四才能帮助中国在全球化中找到方向"为题发表于人民网·理论频道，2009年5月4日。

[2]张旭东：《文化政治与中国道路》，上海人民出版社，2015，第3页。

争议。相关论述试图使中国的自我理解、想象及叙述从西方强势文化的"凝视"之下独立而出,"把确立有关中国主体性的知识表述作为基本诉求";试图在对"全球化"持反思与批判态度的前提下,"将全球化格局所划定的'中国'这个空间,重新讲述为一个文化与政治的主体",一个对人类历史与世界文明当下与未来颇具积极影响的能动的主体;由此形成了知识界的"一个有着相近文化诉求的表述群",即"文化自觉论"。①也有学者将这类基本诉求大体一致的论述命名为新的"文化自主论"。②不仅如此,贺桂梅指出,文化自觉论在叙述框架与知识形态上存在一致性,这意味着一种新的知识范型的产生,即整合性知识范式,既跨越了学科界限也超越了"民族国家视野内部的'中国'叙述模式与知识体制"。③

从张旭东的一系列著作与文章及他所身属的特定人脉来看,他无疑是一位文化自觉论者。他称自己长期以来写作的"用心和用力的焦点,始终是当代中国文化思想的主体性、自觉性"④。张旭东重释的"五四"的基本诉求、文化取向、问题意识乃至知识范型,无不属于文化自觉论,应该将其纳

---

① 贺桂梅:《"文化自觉"与知识界的"中国"叙述》,《天涯》2012年第1期。

② 刘擎:《中国崛起与文化自主:一个反思性的辨析》,童世骏主编:《西学在中国:五四运动90周年的再思考》,生活·读书·新知三联书店,2010,第415页。

③ 贺桂梅:《"文化自觉"与知识界的"中国"叙述》,《天涯》2012年第1期。

④ 张旭东:《文化政治与中国道路》,上海人民出版社,2015,第2页。

入该表述群中,做整体理解。可以说,张旭东的"五四"论述内在于中国知识的文化自觉论,是"文化自觉"这一宏大议题下的具体而微的探讨,并借此参与到围绕该议题的种种争辩中去,进而介入该思想场域内的意义争夺之中。如果说,当代中国曾有的"中国"叙述,在新世纪无不面临质询,"已经难以整合全球化处境下的中国认同",因此才有在文化自觉诉求下重新叙述"中国"的必要与可能①,那么,"五四"研究的主流话语,作为"中国"叙述的组成部分,自然也陷入困境,具有遭外围颠覆之虞,因此需要适应新的历史情势,基于文化自觉,对"五四"精神予以重构。换言之,大陆关于"五四"的主流话语与知识范型的困境,正是"中国"叙述模式危机的具体表征,局部("五四"论述)问题反映整体("中国"叙述)症候。同时,这一薄弱的"局部"极容易成为瓦解"整体"的突破口。

　　张旭东认为,因为"长期以来,'五四'研究的主流话语总体上没有跳出'民主与科学''个性解放''进步''反传统'等关键词所划定的范围",所以其自身逐渐僵化、狭隘化,"从而沦于被各种外围话语和边缘话语包围、修正乃至颠覆的被动状态"。他指出,20世纪80年代"激进与保守"的讨论与20世纪90年代"晚清现代性"的提出,无不是以"五四"主流话语的僵化为突破口,由此既消解了"五四"的意义,也消解了革命和社会主义实践的意

---

①贺桂梅:《"文化自觉"与知识界的"中国"叙述》,《天涯》2012年第1期。

义。这既不利于整合民族国家内部的差异与矛盾，也不利于在全球化背景下"讲好中国故事"、构造有关"中国"的合法性表述。正是因为聚焦于文化自觉，使张旭东得以在超民族国家视野下理解"五四"，从而挑明如下问题："五四"论述，不只是民族国家内部不同文化政治力量争锋的场域，也是"新一轮全球性文化权力与意义争夺中的一个局部性问题"。在他看来，如何重释"五四"，关涉在全球化时代如何重构中国认同，"因为它关系到过去九十年乃至整个中国现代性经验的全面理解和评价，从而同当代中国的自我理解和未来指向息息相关"。这要求在全球化文化自觉的意义上，对"五四"的现代起源意义予以再确认。

二、"五四"现代起源意义的再确认

在中国现代文学史的正统叙事中，不论是20世纪30年代的"启蒙范式"（启蒙主义叙事），还是20世纪50至70年代的"革命范式"（革命叙事），或者20世纪80年代的现代化范式（现代化叙事），"五四"都被视作现代起源，是新与旧、现代与古典的分水岭。这一"分水岭"虽曾长期岿然不动，而今却渐趋老化、僵化、窄化，裂隙丛生，有溃解之险，又授人以柄，其意义亟待以新的语汇来重新描述，以新的知识范型予以再确认。张旭东认为，为了将"五四"重新确立为现代中国的真正起源，需要"把它放在更大的理论语境里做开放性的理解"。只有如此,"五四"巨大的历史意义才能被我们重新把握,在全球化与后现代时代中再次彰显。它将既不同于"新时期"现代化叙事中对"五四"的历史定位,又能抵住"保守派"的否定与后现代的消解,甚至构成对它们的超越与整合。那么,他到底是以何种新意将"五四"界定为现代中国的历史与精神之源的呢?在他看来,"五四"之核心有如下二点:

其一,是"新"——"'新青年''新文化''新价值''新生活',最后是'新中国',这是普遍的'新'或'现代'在中国人生活世界的投影,但'五四'把它内在化了,变成中国人自身的情感方式和价值指向。"首先,作为"五四"核心之"新",是本体论意义上的"新"。"五四"构成历史连续体的决定性的断裂点,这是一种毁灭性的创造或创造性的毁灭,以自我否定的方式寻求新的自我肯定,具有破旧立新的意义。按张旭东的解释,"五四"所立之"新",与其说是新旧对比的新,毋宁说是本体论意义上的新。这个"新"不是形容词,而是名词,是历史与文化的"本体"。换言之,这里所谓的"新文化"并非新的文化(new culture),而是关于"新"的文化(the culture of the New)。同理,"新"历史(the history of the New)也是一样。从"五四"开始,这个"新"就成为历史本身、文化本身,成为一种价值根基。① 时至今日,由"五四"

---

① 张旭东:《文化政治与中国道路》,上海人民出版社,2015,第73页。

开启的"新"历史/文化纪元尚未终结，我们犹在其间。其次，"五四"之"新"既内在于普遍之"新"，又是普遍之"新"的内在化。也就是说，"五四"之"新"展开的过程，一方面是"普遍的'新'或'现代'在中国人生活世界的投影"的过程；另一方面也是把普遍之"新"或"现代"内在化的过程。这意味着由"五四"开始，中国并不外在于现代世界，已然成为现代历史的内在组成部分；更重要的是，现代世界也并不外在于中国，已被后者内在化。从此，中国人不再只是现代历史的客体，更是作为它的主体而存在。对于晚清而言，现代性尚属外在，是颇具威胁的外来者，一方面在器物与制度层面被动、被迫地适应它，另一方面又在情感、内心与符号层面抵制它。这便产生了内/外对立的问题、价值认同的危机，即非西方世界进入现代历史时所遭遇的普遍困境。在张旭东看来，正是"五四"扭转了这一局面，克服了晚清以来理性与情感的分裂、追求现代与中国认同的断裂，即"'要中国就不现代，要现代就不中国'的两难境地"。从此，现代性之于中国是内外贯通的，"现代中国才具备了既'中国'又'现代'的可能"。

其二，是文化政治的逻辑——"文化领域与政治领域之间的贯通与重合，其一致性、一体性或同一性，带来了由新文化、新价值、新人所创造的、与自己本质相适应的生活形式和国家形式。"张旭东认为，文化与政治之间的重合与一致，表现为一种双重运动：现代文化通过社会领域而日益被政治穿透；现代政治贯穿社会领域而日益成为文化政治。

他指出，现代民族国家正是"文化与政体之重合与一致性"的历史诉求的结果。这个现代性过程中的双重运动（文化与政治相互贯通），在西方的历史发展中起到积极的作用，并为西方主宰世界提供了合法性辩护。在这样的普遍历史的背景下，也在近代中国特殊的背景下，"五四"同样提出了文化与政治之间重合与一致的问题，也开启了双重运动：通过救亡图存而把政治带入文化，召唤出一种新文化；通过"启蒙"把文化带入政治，激发出一种新政治。因此，张旭东说："作为历史/文化整体或总体的'五四'，标志着中国在'近代化'过程中文化与政治的合一，在这个意义上，它标志着'现代中国'的开始。"

张旭东以"文化政治"作为统摄视角，勾勒出一条中国历史辩证运动的轨迹：（1）在帝国形态下，文化与政治之间是事实性、实质性的统一；（2）在鸦片战争至"五四"之间，文化与政治之间呈现分离状态，如一方面追求政治变革，另一方面又固守传统文化根基；（3）在"五四"的"新文化"形态下，文化与政治再次统一，尽管这是观念性、唯意志论的统一，但在双重运动的过程中将不断地生产出历史实质，即观念将不断得以具体化、现实化。从中可知，晚清以来或者说从现代世界的普遍的客观运动突入中国开始，直到"五四"，中国才完成了对文化与政治始终分离的克服与扬弃，复归本位，并从此"作为文化主体和价值主体的新的主权国家，加入到世界历史的辩证运动中去"。诚然，在实证的意义上，我们可以说，"五四"提出的诸多命题，如

"民主""科学",实乃发端于晚清,并非历史首创,"但它重新把作为政治存在的中国置于一个普遍性文化的基础之上的历史意义,是怎么强调都不为过的"。在此意义上,堪称"现代中国"肇端者、标志中国历史与文化现代转向者,正是"五四"而非晚清。

"五四"给未来以向度,构成把握现代中国的历史坐标、评价中国现代性经验的价值衡准。认定谁是起源及如何认识这一起源,关乎如何理解历史。也因为如此,张旭东重构"五四"起源合法性的意义不言而喻。他认定"五四"为断裂点,赋予它以历史/文化新意,即对"五四"现代起源意义予以再确认,是为了在全球化时代重构中国认同、重新描述与理解中国的现代、为现代中国提供新的意义阐释与价值辩护。

三、重建"五四"的整体性

如果说,"新"与"文化政治的逻辑"是张旭东对"五四"内容的颇具新意的理解,并对该内容予以充分的意义肯定,那么,这是一种怎样的理解方式与肯定形式呢?应该说,在理解方式上,张旭东采用的是一种整体性理解,即把"五四"作为历史/文化整体来把握;在肯定的形式上,他对"五四"现代起源意义的肯定是一种整体性肯定。同时,形式即内容,他所建构并肯定的正是"五四"的整体性,而不是孤立地涉及或突出"五四"的某一方面。因此，张旭东重释"五四"的内容也包括了重释的形式，重释的目的也体现于重释的方法，重释之意义内涵于重释之可能。也就是说，他对"五四"意义予以整体性把握，不只是为了在众多"理解"中增添一种阐释，更是为了重建"五四"的整体性。总而言之，他之所以重释"五四"，一方面是为了对它的现代起源意义予以再确认，另一方面是为了在矛盾、多歧的"五四"文本中，寻找它的历史/文化的统一性、总体性。

张旭东重释"五四"，之所以与当下主流论述不同，其关键之处在于视野的转变：其一，超越"五四"内部视野，跳出它自身所划定的论述范围，如"民主与科学""个性解放""反传统"等，因为这只是"五四"主观的价值取向，仍是一种局部论述，而张旭东强调，应该客观对待、出乎其外，"把'五四'理解为一种客观的历史运动和思想运动"；其二，超越单一民族国家内部视野，在现代世界的普遍的客观运动中理解中国"五四"的意义，在中国与世界历史的关系中把握"五四"精神。这种由内而外的视野转换，意味着由局部而整体的认识嬗变，形成总体性的认识方法与思考方式。应该说，张旭东的"五四"论述是在一种总体性视野下展开的，以总体性为认识方法，也鲜明地体现出总体性的论述风格。

首先，在总体性视野下观照"五四"，意味着采取高屋建瓴的总体性的认识态度，着眼于事物的整体性，否则将导致思想与认识的片断化，"把'五四'精神架空或淹没在貌似'多元'和'众声喧哗'的杂多性里面"。为此，张旭东主张要把"五四"精神作为整体来理解，不可像盲人摸象那样，囿于局部、执于一端，"而是要看到它的整体性，它的所有的方方面面都是这个整体的有机组成部分，为这个整体服务"。他据此认为，不论是从文化保守主义角度来否定"五四"精神，或是把"五四"精神定位于个性解放这一新时期以来的意识形态概念上，无不是盲人摸象式的局部论述，而非总体性的思维方式与认识态度。如果从整体观出发，我们就会发现，"五四"对个性解放的追求与它对民族共同体命运的关切紧密关联，其"反传统"的倾向，"也必须放在它追求民族文化的连续性和创造性的努力当中来看"。这些相互关联、彼此作用的矛盾的局部，如个体性与集体性、断裂性与连续性，单独地看，只是"五四"整体性的一部分，不应孤立看待，正是它们在历史过程中的矛盾张力和辩证统一，构成"五四"的整体，这是一个动态的、复合的、包含差异的、具有内在矛盾性与否定性的整体。"五四"作为整体，一方面，其意义与价值绝非各个局部的机械相加，而是超越了局部的简单集合；另一方面，其同一性绝非抽象的同一，而是内在于历史的具体的同一。

其次，总体性作为认识方法，既要求把"五四"这一整体纳入更宏大、更高级的整体中来把握，也要求把它放入历史发展的总过程中来理解。虽然我们把"五四"视作历史/文化的整体，但它具有系统相对性与历史相对性，相对也是一个局部与阶段，那么，应该让这一局部回到其所属的系统整体，让这一阶段回到其所在的历史连续。在张旭东的论述中，这种方法从以下两方面展开：一方面，他是以现代中国的整体性及历史运动的连续性来确立"五四"起源性意义的，如他所说："把'五四'界定为一个决定性的断裂点，正是从'新文化'和'新中国'文化政治的连续性与整体性出发的考虑。"[1]另一方面，正如他自觉地将中国问题纳入全球化语境中来思考一样，他并没有孤立地论述中国的"五四"，而是把它放在世界历史这一更大的整体中加以认识，如其指出："'五四'精神是一个整体，它只有在一个更大的世界历史的整体上才能够被把握。"总之，只有在"五四"与中国/世界之整体的关系中、在历史的总体趋势与进程的联系中，才能真正揭示它的性质和意义。也唯其如此，"五四"的意义才可能既是中国的也是世界的。

可以说，张旭东的"五四"论述是对多种局部论述、边缘话语的超越，完成对"五四"的辩证的总体观照，借此建构"五四"的整体性。他对"五四"整体性的肯定，一方面是肯定它既有中国意义也有世界意义；另一方面是肯定它内部的各种矛盾、复杂、张力、悖论及否定性，即他所肯定的是"五四"的矛盾的整体性、辩证的张力状态。接下来的问题是张旭东为何强调"五四"的整体性，是由怎样的问题意识所驱使，又有何现实针对性，这仍须回到前文所述的"文化自觉"诉求与取向：重释"五四"意在重构中国认同。

---

[1] 张旭东、朱羽：《从"现代主义"到"文化政治"》，《现代中文学刊》2010年第3期。

如果说"人民共和国的确是'五四'新文化合乎逻辑的结果"[①]，两者出于同一个多重又单纯的价值根基、处在同一个矛盾的发展、分化及复杂化的过程中[②]；那么，重建"五四"的整体性，即为了重建中国现代历史的连续性与整体性。张旭东以黑格尔—马克思式的辩证逻辑，将关于"五四"的诸种矛盾与悖论视作系统中的各个局部，即构成"五四"矛盾统一体内部的互有差异、彼此对立的因素，并把它们统合为系统整体，使"五四"免于从内部被割裂瓦解，这为构造一个连贯而完整的"现代中国"叙述提供了思想与方法的支援。

张旭东所应对的正是"各种各样离心的倾向——破碎化的倾向、解构的倾向、片段化的倾向、极端的个人主义、小群体主义的倾向"[③]。他所针对的一方面是全球化与后现代时代对总体性的解构、对整体感的消解；另一方面是当下各种各样对现代中国的片面化、碎片化、局部性、反辩证法的认知方式，比如自由主义的把"革命"与"自由"相割裂的思路。这是为了重新恢复总体性视野，克服现代中国的空间分裂与时间断裂，把对现代中国的认识维持在辩证统一的张力中。他对"五四"的整体性肯定，也是出于对现代中国的整体性肯定，借此在全球化时代确立中国的合法性。

[①] 张旭东、朱羽：《从"现代主义"到"文化政治"》，《现代中文学刊》2010年第3期。
[②] 张旭东：《文化政治与中国道路》，上海人民出版社，2015，第62页。
[③] 李凤亮：《彼岸的现代性：美国华人批评家访谈》，广西师范大学出版社，2011，第168页。

结语

  张英进指出，长期以来，中国现当代文学史学在中国学界和北美学界呈现出矛盾与分离：中国学界是"向心"的倾向，致力于建构文学史的整体性；北美学界是"离心"的倾向，消解文学史的整体性，著作表现为"摧毁一致性和同质性后的各种'碎片'"。[1]然而，一方面中国学界曾有的关于文学史整体性的想象与叙述，既面临着内部的分化与破裂，又在全球化与后现代背景下遭遇质询和挑战；另一方面，北美学界颠覆文学史整体性之后的各种"碎片"，有待以新的方法重新整合。那么，如何重新想象文学史的整体性？如何建立整合的、矛盾统一的文学史叙述，而不再制造"革命"/"现代"、左翼叙述/自由主义叙述、现代文学/当代文学的对峙与颠倒？如何在全球化时代重构文学史的整体性，使它担负"讲好中国故事"的使命？张旭东的"五四"论述及"中国"叙述，将在历史哲学的意义上给予学界理论与方法的启示，其"文化自觉"的取向及总体性的视野，已带来文学史认知方式与叙述方式的新可能。

（原载《文艺争鸣》2016年第9期）

---

[1]张英进：《历史整体性的消失与重构——中西方文学史的编撰与现当代中国文学》，《文艺争鸣》2010年第1期。

第四辑

东北文学

第四辑 东北文学

与大自然共生共存
——新时期东北地域小说生态意识的演进

新时期东北地域小说的生态意识是东北独特自然文化传承、发展的产物，并随着现代进程导致的生态危机日益严重而逐渐凸显。梁晓声、邓刚、张抗抗、迟子建等人的创作体现了生态意识从不自觉、无意识到自觉、有意识，直至有鲜明生态主导意识的演进过程。新时期东北地域小说生态意识的演进不仅与20世纪中国生态文学的发生、发展、繁荣相一致，更体现出鲜明的东北地域文化特色。

生态意识是时代发展的产物。随着时代的发展，现代科学技术日新月异，在满足人类日益增长的物质欲望的同时，生态危机也日益显现。西方生态思想的引入，使东北作家在工业化、生态危机加速的背景下，对人与自然的关系进行了系统、深入的思考，唤醒了东北文学传统中沉睡已久的自然生态意识，表现在作品中为自然的"祛魅"与"返魅"过程。新时期东北作家创作了大量生态文学作品，以控诉与批判的笔触揭示了造成人类社会整个生态系统，包括自然生态、社会生态以及人类精神生态严重失衡现象的深层原因，试图为人类找出一条回归之路。

一、《这是一片神奇的土地》（1982）——在征服自然与感悟生态之间犹疑

在中外文学艺术发展史上，我们可以毫不费力地看到人与大自然之间千百年来结成的恒定如斯的艺术关系。但在我国当代文学的特定时期，大自然却从文学中消失了。20世纪50年代后期，在"人定胜天"的人本哲学思想支配下，充满生机的大自然日益"祛魅"，沦为人类无情改造与征服的对象，自然的独立意识在人类工具理性的思想和行为中遭到了放逐。然而在知青小说中，许多作家的自然意识又重新觉醒，他们把目光投向自然，通过对自然的描绘和刻画，通过对大自然背影下蠕动着的人物塑造，从不同侧面、不同层次反映了人与自然的艺术关系。"大自然意识"这一文学永恒主题，在历经劫难后，终于在人们的精神意识中复归了，自然的"返魅"开始诗意地呈现在知青文学作品中。曹文轩在《中国八十年代文学现象研究》中曾指出："20世纪80年代，中国文学出现了1919年以来的新文学史上从未有过的大自然崇拜。"[1]所谓大自然崇拜，

---

[1] 曹文轩：《中国八十年代文学现象研究》，北京大学出版社，1988，第156页。

就是指一部分知青作家开始放弃极端人类中心价值观，结合自身经历，认真体悟到了大自然的内在价值，对人与自然的关系有了较为清醒的反思，进而对大自然滋生出认同和敬畏之情，文学作品中的生态意识开始萌芽和绽露。

"人类文明发展史的总体趋向是从乡野向城市迁徙，但上山下乡运动却让多达百余万的知识青年，从繁华城镇倒流回相对落后，甚至是穷乡僻壤的山村。这不仅是空间位置的移动，更是生存环境的根本性变迁。城市生活的高楼大厦遮挡了自然风光，车水马龙取代了青山绿水，机器轰鸣替代了鸟语花香……这一切使人与本真状态的大自然呈现出严重的疏离状态，自然对人生存状态的影响仿佛遥远而模糊。可上山下乡运动却使城市知青们一下走进了大自然的怀抱，特别是尚未开发的北大荒、内蒙古大草原、新疆戈壁滩……这是现代文明荒芜之地，也是较少受到人类活动影响的原始自然风光之处。"[1]伴随着从城镇到农村的位移，知青与大自然的关系几乎在一夜间发生了根本性变化。上山下乡运动是我国人与自然关系史上非常特殊而又十分重要的一页，它使城市知青和本真状态的大自然由原来的极度疏离转向直接置身其中。知识青年下到农村，就是进入了一个全新的生态环境，开始了一种全新的生存方式。换言之，这时的知青们虽然作为社会化的人仍要受到种种社会关系的制约，但较之都市人生却要受到自然更多的制约，包括他们的生活观念、人生观

---

[1] 王喜绒、杨励轩：《在生态批评的视域中重新检视中国知青小说》，《兰州铁道学院学报》，2003年第5期，第8页。

念等也都会在不知不觉中受到影响。这就使人与自然的关系成了知青人生中时时都在发挥重要作用的一种基本关系。

身处自然之中的知青作家,不仅感受到大自然的和谐、优美、纯洁,更感受到大自然的残酷、威严、冷峻以及对生命的残害,进而引发对人与自然对抗的感悟:依恋与渴慕、恐惧与凶险统一于人与自然的关系之中,在自然"返魅"之中,生态意识逐渐萌动。梁晓声的《这是一片神奇的土地》便是这方面的代表作。

梁晓声(1949—),生于黑龙江省哈尔滨市,汉族,原名梁绍生。1968年作为知青下乡赴黑龙江生产建设兵团,现居北京。《这是一片神奇的土地》初载于《北方文学》1982年第8期,描写了一大批知青用自己的青春甚至生命,在北大荒令人恐怖的"鬼沼"(鄂伦春人称之为"满盖荒原")创造的垦荒奇迹。副指导员李晓燕为了替连队洗刷"养活不了自己"的耻辱,带领一支垦荒先遣小队勇敢地越过阴森恐怖的"鬼沼",在幻化为"魔王"的荒原上进行着艰苦的开拓。一切牺牲都是为了证明一个青春的梦想——要赶在解冻前跨过沼泽,把荒原改造成良田。在倒下去的青年背后是他们的战友,是从遥远的地平线上浩浩荡荡奔涌过来的农垦大军。在这样的境界中,人们能感受到青春热血的涌动,人在与自然的抗争中精神得以升华。作家始终坚持对北大荒农垦生活的现实主义再现,但是人物和情节却常常超出现实,带有自然神秘和传奇色彩。小说中的风光描写洋溢着东北边地特有的气息,鬼沼、荒原,无不融注了作家的主观感情。一方面，自然显得如此粗蛮和暴虐："那是一片死寂的无边的大泽，积年累月浮盖着枯枝、败叶、有毒的藻类。暗褐色的凝滞的水面，呈现着虚伪的平静。水面下淤泥的深渊，沤烂了熊的骨骸、猎人的枪、垦荒队的拖拉机……它在百里之内散发着死亡的气息。人们叫它'鬼沼'。"[①]另一方面，永不屈服的人始终坚强地挺立着，在大自然的伟力中成长。他们凭借意志和智慧，依靠集体的力量，在荒原上开垦、播种、收获；他们经历了自然的洗礼，但却并未被它摧毁。在小说里，与自然伟力激烈抗争的顽强精神和英雄主义得到了充分的肯定与赞许。面对令人绝望的自然，知青们终于找到了内心的自我，焕发出生命最壮丽的色彩。这种生命的华彩与自然的博大相互辉映，最终以神奇的自我实现回应了自然对人的考验。

应该说，小说对大自然的书写在某种程度上仍延续着革命意识形态风格，强调大自然对于人类的险恶特征，弘扬人类征服大自然的伟大和崇高。可是，"凶险的'鬼沼'最终被知青们征服了，但作品没有带给人们丝毫征服自然的愉悦，因为作品中最有价值的人物在'征服'自然中丧失了年轻的生命，于是对自然的征服无论如何便具有了反讽的意味——除非死亡，否则自然便不可征服；然而以死亡换取的征服，又使征服失去了意义。'鬼沼'以此方式显示了自己作

[①] 梁晓声：《这是一片神奇的土地》，《1982年全国优秀短篇小说评选获奖作品集》，上海文艺出版社，1983，第28页。

为'自在之物'的存在"。①所谓"自在之物",是说自然具有独立的生命意志,本身就具有内在价值,它不需要经由人的价值赋予,也不容忍肆意的征服和改造。这种"自在之物"的大自然形象与十七年文学中、"文化大革命"时期流行的那种任人宰割、凭人索取的大自然形象完全不同。当大自然以"自在之物"形象出现之时,人类中心主义的虚妄也在瞬间消散,作家让狂热幻想征服大自然的人类最后以失败告终:知青"我"的妹妹被沼泽吞噬;副指导员李晓燕因得"出血热"而死;"摩尔人"在与狼群做了最壮烈的抗争后被狼吃掉,表明即使付出生命的代价,人类也不能对大自然为所欲为。

  当然,受革命意识形态影响,怀揣革命与建设梦想,奔赴乡村的知青作家原本是不存在生态意识的,他们对生态意识的领悟往往是置身于自然后模糊朦胧的感悟。在这部作品中,作家把"战天斗地"的人类中心主义与自然雄壮奇伟、不可征服的生态意识并置在一起,明朗而坚定的生态意识尚未形成,但这种自然书写无疑表明了知青作家在征服自然与感悟生态之间的犹疑心态。

---

① 王又平:《新时期文学转型中的小说创作潮流》,华中师范大学出版社,2001,第39页。

二、《蛤蜊滩》（1985）——人性异化视野中的人与自然

生态危机与人性异化互为表里。如果说《这是一片神奇的土地》展示了人类欲望的极度膨胀及其对大自然无限索取导致的生态与生命灾难，邓刚的小说《蛤蜊滩》则体现了人性被经济利益所诱惑而导致的日益严峻的生态危机，这一危机也导致人性异化的不断加剧，最终使人与自然日益疏离，人类生存陷入无尽的痛苦与焦灼之中。现代文明在给人类带来巨大进步的同时也带来了欲望的恶性膨胀、道德的失范、良知的沦丧。

邓刚（1945— ），原名马全理，祖籍山东牟平，辽宁省作协副主席，大连市文联副主席。其小说代表作《蛤蜊滩》最初刊载于《人民文学》1985年第1期。描写了人性变异视野中，贪欲、占有欲的膨胀及其造成的自然与人性双重的生态危机，体现了作家对人与自然关系的反思。蛤蜊滩是平坦无奇的，但就在平坦无奇的沙滩下面却埋藏着千千万万个蛤蜊。正是这富有的蛤蜊养育着沙滩上的人们，使他们在这里一代代地繁衍生活，因此，海边的人们对大海、蛤蜊滩自然拥有一种特殊的感情。小说中那个勤勤恳恳、尽职尽责的老蛤头，从小就同蛤蜊打交道，为民众不辞辛劳地看守着蛤蜊滩。为了保护蛤蜊，老人轰赶海鸟，用火枪吓走海钻儿、野鸭子，领着渔村的孩子们在海水中捕捉那些争吃蛤蜊的蓝皮螺和肚脐子螺。虽然他认真地做着这一切，但是，那个古老

的神秘的充满忧惧的蛤蜊搬家的传说不时袭上老人的心头，使他不安。

　　终于，老蛤头担心的事情发生了。古老的传说变成了现实。蛤蜊收获的季节即将到来，在经济利益的驱使下，蛤蜊滩人自身的贪婪及近乎疯狂的占有欲和功利欲也日益增长，比成千上万只野鸭子、海钻儿、海猫子一起涌进蛤蜊滩还要可怕百倍的事情发生了：整个海滩布满了挖蛤蜊的人，他们疯狂地挖着，争夺这丰美的海产，即便老蛤头用枪威胁也无济于事。面对金钱异化下人们对蛤蜊滩的掠夺，老蛤头依稀记起"文革"期间，民众不顾自然规律对蛤蜊滩生态的破坏："曾经有一年，城里的官员下令要改造荒滩种稻田，大批的人马开到蛤蜊滩，红旗招展，人欢马叫，口号震天。蛤蜊们吓得四处躲藏，乱成一团……那年夏天，一场突然刮来的巨大风暴，摧毁了所有拦海造田的堤坝，甚至还卷走和淹死了不少人。"[1]自然规律和大自然的愤怒，终于使人类恐惧，放弃了在蛤蜊滩上种水稻的想法，蛤蜊滩得以劫后余生。可今天，面对人类自身贪婪得近乎疯狂的占有欲和功利欲，老蛤头的轰赶是无用的，他那支可以打死、吓跑海钻儿、海猫儿的猎枪也失去了昔日的威力。"望着人海涌动的蛤蜊滩，挖蛤蜊的人群犹如一片污浊的黑浪，没完没了地翻滚着。黑浪翻过之后，一片狼藉，昔日平坦的蛤蜊滩变得肮脏而丑陋。"[2]疯狂的人们暂时胜利了，但是，在那曾满是

---

[1] 邓刚：《蛤蜊滩》，《蛤蜊搬家》，上海人民出版社，2007，第152页。
[2] 邓刚：《蛤蜊滩》，《蛤蜊搬家》，上海人民出版社，2007，第156页。

蛤蜊的沙滩上，第二天却一只蛤蜊也没有了。蛤蜊搬家了。
"千千万万、大大小小的蛤蜊，正扶老携幼，挤挤挨挨，把两扇贝壳支在沙滩上，用软嫩的肉体触摩沙土，艰难地向前蠕动。在这些蛤蜊面前，飘拂着千千万万缕柔软的粘膜，顺着浪波摇摆。仿佛整个白茫茫的蛤蜊滩在向深深的海洋退去。"①那个古老、神秘和充满忧伤的传说终于出现——蛤蜊搬家了。"不能走啊！——"老蛤头撕心裂肺地哀叫着，高高地扬起双手，扑向大海。

《蛤蜊滩》是作家邓刚对自身创作历程的反思。作家在重新审视他曾经那么热烈肯定和赞美的对自然的搏击、拼杀、进取精神。这位擅长写海，特别是表现人与海搏斗的作家，面对着人性异化的新现实，已经将自己的思考投射到更为高远的地方，对人与自然的关系又有了新的认识。小说中，大自然（大海）或自然物（蛤蜊）不再像《芦花虾》那样成为人类精神活动的陪衬和附庸，也不再是《迷人的海》中"人与自然由激烈的对立、搏击走向和谐、融洽境界的过程"②，作家通过小说思考了严峻的生态问题：人类对自然的利用出于本性，也是人类自我确证的标志，更是评价人类文明程度的重要依据。然而，当人性的贪欲使这种利用演变为掠夺和破坏，超越了自然承受的限度，就必然导致人与自然毁灭的生态危机。这是邓刚在创作《迷人的海》时所始料

---

①邓刚：《蛤蜊滩》，《蛤蜊搬家》，上海人民出版社，2007，第160页。
②徐芳：《人与自然关系的艺术思考》，《文学评论》1985年第1期，第27页。

不及的。在《蛤蜊滩》里，作家显然认识到了这一点，开始站在更高的角度重新审视、思索乃至反省大自然与人类的关系。他在认真翻检人类行为的合理性与必要性，考虑处理人与自然关系的理性原则，即人类作为自然界的高贵物种，理应尊重大自然的规律，理性地约束自己的行为，否则将出现恩格斯所说的："我们不要过分陶醉于我们对自然界的胜利。对于每一次这样的胜利，自然界都报复了我们。"①《蛤蜊滩》的深意也正在于此。

三、《沙暴》（1993）——生态整体观的艺术体现

生态整体观认为人类与自然世界是一个整体，人不是世界的中心和万物存在的目的，而仅仅是世界的一个特殊成员。因此，所谓生态危机，不仅指人类对自然环境的威胁，更指在人类中心主义的指引下，人类对生态整体的破坏。如果说《这是一片神奇的土地》通过知青对北大荒的开发，体验到自然的内在价值，《蛤蜊滩》通过人性异化视野中的人与自然的关系，体悟到自然对人类的报复，那么作家张抗抗的小说《沙暴》则通过知青对草原雄鹰的捕杀，为我们讲述了完整的动植物生态系统惨遭破坏而导致的严重生态灾难。

张抗抗（1950— ），原名张抗美，浙江杭州人。1969

---

①恩格斯：《自然辩证法》，《马克思恩格斯选集》（第3卷），人民出版社，1972，第517页。

年中学毕业后到黑龙江国营农场劳动八年,当过农工、砖厂工人、通讯员、报道员、创作员等。1979年调到黑龙江作家协会从事专业创作至今。现为国家一级作家、黑龙江省作家协会名誉主席。小说《沙暴》初载于《小说界》1993年第2期。作品展示了下乡在内蒙古大草原上的知识青年,由于缺乏对大自然的认识,缺乏最起码的生态植被常识,在人类愚昧的生存欲及经济利益的驱使下,砍伐树木,猎杀雄鹰,最终破坏草原生态系统,遭到自然报复的现实。草原上的鹰原本是人类的朋友,是草原生物链中的重要一环,维持着草原兔、鼠等生物的平衡,只因为希特勒党卫队的帽徽是一只展翅的老鹰,因此,在"文革"那个非理性的年代,老鹰被知青认为同法西斯存在着某种内在联系,打倒法西斯就必须打倒老鹰。尽管草原上的牧民们告诉知青,老鹰主要捕食草原上的老鼠和兔子,对牧草繁盛、牛羊肥美具有重要意义,但知青们在狂热的政治非理性作用下,坚持认为这一切掩盖不了老鹰凶残的"阶级本性",违背了牧民们千百年流传下来的朴素的生态思想的告诫,以清除"阶级敌人"的方式猎杀老鹰。更为重要的是对雄鹰的捕杀不仅缘于政治狂热,更是现实的利益诉求,知青们为了返城和得到招工升学的机会,纷纷设法猎杀生活在高寒地区的老鹰,然后把老鹰裸露的鹰爪剁下,作为治疗风湿病的珍奇偏方,用来"走后门",打通回城的关系。知青辛建生因有一手好枪法,也在射猎草原之王——雄鹰的快乐中得到极大的满足。然而,数年以后,"草原上的鹰销声匿迹,老鼠因失去天敌而大量繁殖,草原因被掏空而严重沙化。""老鹰没有了，草原也没有了。"[①]草原沙化像瘟疫般迅速蔓延。到知青们离开时，昔日的草场已不复存在，祖祖辈辈生活在草原上的牧民，只好赶着牛车，迁徙到遥远的深山里去……而十几年以后，在一场袭击京城的沙暴中，辛建生为自己多年来猎捕老鹰的行为深感悔恨……"文革"时期的"左祸"不仅断送了一代人的青春，更以非理性的革命意识形态对草原牧民朴素的生态思想进行了损毁，草原生态体系的破坏，不仅毁灭了一片绿洲，而且殃及后世子孙。生态系统的破坏，留给我们的不仅仅是反思。

小说中的《动物世界》节目是一个值得人深思的细节。这个细节在小说中前后出现了几次，"辛建生和女儿是动物世界这个节目的忠实观众"，[②]作者巧妙地运用了这一细节，使读者认识到作品的深刻含义。人类所赖以生存的就是这么一颗小小的星球，在此我们世世代代繁衍生息……虽然我们充满智慧，但我们却如此孤独。动物是在这个星球上生存的另一类生灵，是我们的邻居，它们有的已经跟我们很亲近了，有的默默地在为我们人类提供着某种帮助。人类、动物、植物、微生物，这是大自然给我们安排好的生物链，每一个环节都有着举足轻重的作用，我们践踏其中任何一环都

[①] 张抗抗：《沙暴》，《张抗抗知青文学作品选》，北京西苑出版社，2000，第293页。

[②] 张抗抗：《沙暴》，《张抗抗知青文学作品选》，北京西苑出版社，2000，第261页。

会殃及我们人类自身。主人公辛建生爱看《动物世界》是在潜意识中为以往的无知忏悔,他的女儿爱看《动物世界》,则体现了人类善良的本性,是天性中人与动物、与自然的和谐共生。"作者只是在给我们讲故事,只是运用各种手法向读者展示人物的内心世界,作者没有阐述任何人与自然相互生存的哲理,也没有提到生态,却引得读者不得不去反思,不得不去仔细检讨我们过去的、现在的一些违背自然规律的做法。"①

当年的知青辛建生对自己打过老鹰的行为深感悔恨,他感到"如今袭击京城的沙尘暴就是一种报复。但是生活的窘迫、致富的欲望使他经不起诱惑,终于又跟随同伴重返草原去猎鹰"。小说通过"猎鹰"的怪圈,揭示生态系统遭受人为破坏的危机。猎鹰本是为了人的利益(返城),结果受到惩罚的还是人类。人不能离开自然而生存,更不能靠征服自然、毁坏自然获取生活享受。人类只有尊重自然、关爱自然才能获得良好的生态,才能实现生态系统的和谐。

四、迟子建:以生态为旨归的现代文明反思与批判

20世纪90年代,在经济全球化和国内市场经济发展的背景下,"技术中心化"和"消费主义"日益凸显为生态危

---

① 高淑兰:《〈沙暴〉带给我们的沉思》,《文艺评论》1995年第2期,第62页。

机与精神危机的根源，生态问题作为一个真正威胁人类生存的现实问题被提出来。与此同时，20世纪90年代对西方生态伦理学、哲学著作的译介与著述更显示出整体系统性和现实针对性并产生了深刻的社会影响。生态思想反思人类历史行为，重建人与自然关系的观念体系蕴涵着巨大的理论活力，其超越人类中心主义的价值导向也深刻地影响着当下多种文化抉择。黑龙江女作家迟子建的作品就包蕴着敏锐的生态感悟与生态直觉。

迟子建（1964—），出生于黑龙江省漠河北极村。国家一级作家，中国作家协会会员，黑龙江省作家协会主席。1983年开始写作，至今已发表以小说为主的文学作品五百余万字，出版四十余部单行本。主要作品有：长篇小说《伪满洲国》（作家出版社，2000年版）《额尔古纳河右岸》（北京十月文艺出版社，2008年版），小说集《逝川》《雾月牛栏》《清水洗尘》，散文随笔集《伤怀之美》《我的世界下雪了》等。先后获得第一、二、四届鲁迅文学奖及全国优秀中篇小说奖，长篇小说《额尔古纳河右岸》获2008年第七届茅盾文学奖。

相对于梁晓声、邓刚等男性作家对人与自然的理性反思，女作家迟子建的小说则处处彰显生态感悟与生态直觉。迟子建曾说："没有大自然的滋养，没有我的故乡，也就不会有我的文学。……一个作家，心中最好是装有一片土地，这样不管你流浪到哪里，疲惫的心都会有一个可以休憩的地方。在众声喧哗的文坛，你也可以因为听了更多大自然的流水之音而不至于心浮气躁。有了故土，如同树有了根；而有了大自然，这树就会发芽了。……故乡和自然是我文学世界的太阳和月亮，它们照亮了我的写作和生活。"①

　　人类在史前时期并没有将自己与动植物区分开来，视自己为较高等级。植物为人类提供了重要的食物，使人类获得了生存的保证，不仅如此，人类还从植物的变化上感知生命的时态。植物的荣枯变化曾给敏感的迟子建带来最初的生命感悟："我对人生最初的认识，完全是从自然界的一些变化而感悟来的。比如我从早衰的植物身上看到了生命的脆弱，同时我也从另一个侧面看到了生命的从容。"②这种根植于心灵深处的悲悯情怀使迟子建在书写植物时满怀深情与爱意。《额尔古纳河右岸》中的鄂温克人，依靠与树木的关系约束自己的行为，以万物有灵的信仰维系着人与树木和自然的生态平衡。"我们从来不砍伐鲜树作为烧柴，森林中有许多可烧的东西，比如自然脱落的干枯的树枝、被雷电击中的失去了生命力的树木。"当"我"要在一棵"身上一片绿叶都没有"的枯树上动斧头的时候却被制止了，因为敬畏生命的鄂温克人说它没准哪一天能复活。然而善良的金得在自杀时偏偏选择了这棵枯树，因为"按照族规，凡是吊死的人，一定要连同他吊死的那棵树一同火葬"③，他不想害了一棵生机勃

---

　　①迟子建、胡殷红：《人类文明进程的尴尬、悲哀与无奈——与迟子建谈长篇新作〈额尔古纳河右岸〉》，《文艺报》2006年3月9日。
　　②迟子建：《寒冷的高纬度——我的梦开始的地方》，《小说评论》2002年第2期，第37页。
　　③迟子建：《额尔古纳河右岸》，北京十月文艺出版社，2008，第67页。

勃的树。

　　神话记忆与泛神论意识使迟子建赋予笔下的日月星辰、山川河流、风霜雨雪等无生命的自然事物以生命与灵性：晚霞"湿润、忧伤得仿佛在泪水中浸泡过"，黑龙江"像个失恋的人一样总是把它湿漉漉的歌声唱给我们"（《原始风景》）；长篇小说《额尔古纳河右岸》，采取史诗式的笔法，以年迈的鄂温克族老奶奶、最后一位酋长妻子的口吻讲叙了额尔古纳河右岸敖鲁古雅鄂温克族百年来人与自然波浪起伏的历史。小说开篇，鄂温克族老人就说道："我是雨和雪的老熟人了，我有九十岁了。雨雪看老了我，我也把它们给看老了。"[①]小说开头就将人与自然的命运紧紧地拴在了一起。在小说中迟子建为我们展现了一幅人与自然水乳交融的图画。他们像对待自己的孩子一样为山命名，又像保护自己的孩子一样保护驯鹿、小水狗，同时又把自己的孩子当作动植物，以动植物的名字为孩子命名；就连纠缠身心的疾病在他们眼中竟然也变得美丽："风能听出我的病，流水能听出我的病，月光也能听出我的病。病是埋藏在我胸口中的秘密之花。我的医生就是清风流水，日月星辰。"[②]鄂温克人与动物为友，与天地为伴，大自然是他们的上帝和衣食父母，森林里的一草一木都是他们的朋友。《额尔古纳河右岸》满含深情地描写了额尔古纳河右岸这个鄂温克人生活栖息的特定场所，抒写了鄂温克人与额尔古纳河右岸的山山水水须臾难

[①]迟子建：《额尔古纳河右岸》，北京十月文艺出版社，2008，第3页。
[②]迟子建：《额尔古纳河右岸》，北京十月文艺出版社，2008，第245页。

离的关系以及由此决定的特殊生活方式：一草一木都与他们的血肉、生命与生存融合在一起，具有某种特定的不可取代性。生态批评家乔纳森·贝特对荷尔德林的著名诗句"诗意地栖居"做了这样的分析："栖居"意味着一种归属感，一种人从属于大地，被大自然所接受、与大自然共存的感觉。[①]鄂温克人的栖居之所以诗意，正是因为有了包含万物的自然在场。

正是在自然"返魅"中，迟子建摆脱了工具理性的羁绊，将自己还原成一个真正谦卑的人，用自己的感官和心灵亲近大自然，接近生命，憧憬人与自然和谐共处、多元文化和谐共生的理想境界。从生态学的角度看，"生物多样性和文化多样性正是保持人与自然和谐共生的重要条件"[②]。迟子建将生命一体化思维以及万物有灵论思想融入自然写作，力图通过自然"复魅"来突破自然"祛魅"引发的对人与自然的片面认识，建立人与自然之间全方位的、多向多元的审美联系，从而恢复自然的神性、神圣与神奇，使人诗意地栖居在大地上。

总体而言，新时期东北小说蕴含的生态意识是东北独特自然文化传承、发展的产物，并随着中国现代化进程导致的生态危机而逐渐凸显。新时期东北小说生态意识呈现着从不自觉、无意识到自觉、有意识，直至有鲜明生态主导意识的演进过程，并与20世纪中国生态文学的发生、发展、繁荣相

[①] 王诺：《欧美生态批评》，学林出版社，2008，第102页。
[②] 徐恒醇：《生态美学》，陕西人民教育出版社，2000，第135页。

一致，不仅是对其有益的补充与深化，更体现出鲜明的东北地域特色，从而丰富了20世纪中国生态文学的内涵。

（原载《学习与探索》2012年第2期）

自然"复魅"与现代性反思
——迟子建小说的生态意识

自然生态始终是迟子建小说关注的母题,生态感悟成为其作品异常突出的思想倾向。生态意识的生命体验、人与自然的和谐共生、自然"复魅"中的现代性反思是迟子建小说生态意识体现的三个方面。迟子建将生命一体化思维以及万物有灵论思想融入自然写作,力图通过自然"复魅"突破自然"祛魅"导致的对人与自然关系的片面认识,从而构筑蕴含诗性和神性的生态乌托邦,使人诗意地栖居在大地上。

黑龙江女作家迟子建以《额尔古纳河右岸》获得第七届茅盾文学奖以来,其文学创作日益受到学界关注。作为出生于黑龙江漠河的"极地之女"[①]"自然化育文学精灵"[②],生态感悟成为女作家迟子建文学世界异常突出的思想倾向。

---

①戴锦华、迟子建:《极地之女》,《山花》,1998年第1期,第73页。
②方守金、迟子建:《自然化育文学精灵——迟子建访谈录》,《文艺评论》2001年第3期,第80页。

弥漫于作品中铺天盖地的白雪、突如其来的鱼汛、奇形怪状的冰排、空旷宁静的村落（自然）；嫩绿的青葱、芬芳的土豆花（植物）；有灵性的马、通人性的狗（动物）……可以说自然生态始终是迟子建小说世界关注的母题。对此，作家曾说："而我恰恰是由于对大自然无比钟情，而生发了无数人生的感慨和遐想，靠着它们支撑我的艺术世界。"[①]透过自然，迟子建把自己对生命的领悟和感知化为一篇篇动人的故事，深情地诠释着生命的宽容、和谐与共生。虽然她的作品没有刻意凸显生态系统的整体利益及人与自然的关系，尚未对生存环境与生存主体做理性辨析，但正是对世间生命的挚爱深情，使作家构建了蕴含诗性和神性的生态乌托邦，在普遍忽视心灵和漠视自然的当下，产生了发人深省的艺术魅力。迟子建也因此被视为"潜在的生态文学作家"[②]。

一、生态意识的生命体验

对自然万物的礼赞是迟子建文学世界异常突出的倾向，这种文学倾向的形成与作家的童年生活环境密切相关。"对于一个文学家、艺术家的生长发育来说，早期经验更具有重

[①] 方守金、迟子建：《自然化育文学精灵——迟子建访谈录》，《文艺评论》2001年第3期，第81页。
[②] 汪树东：《对大自然的诗意怀想——生态意识与迟子建小说》，《石河子大学学报》2007年第5期，第61页。

大意义，它可以持久地影响文学艺术家的审美兴趣、审美情致、审美理想。而如此重要的早期经验正是从一个文学艺术家童年时代所处的'生境'中获致的。"①童年记忆在迟子建的心灵中留下了深刻的印记，进而成为她从事文学创作的宝贵财富。在《北极村童话》（初载《人民文学》1986年第2期）中，迟子建情真意切地写道："假如没有真纯，就没有童年。假如没有童年，就不会有成熟丰满的今天。"②她曾温情地回忆黑龙江畔的北极村："那是一个村子，它依山傍水，风景优美，每年有多半的时间白雪飘飘……房前屋后是广阔的菜园，菜园被种上了各种庄稼和花草……我经常看见的一种情形就是，当某一种植物还在旺盛的生命期的时候，秋霜却不期而至，所有的植物在一夜间就憔悴了，这种大自然的风云变幻所带来的植物的被迫凋零令人痛心和震撼。我对人生最初的认识，完全是从自然界的一些变化而感悟来的。"③童年的乡村生活、与自然亲近的经历造就了迟子建最初的生态感悟，并为其形成生态信仰提供了契机。对此，迟子建宣称："没有大自然的滋养，没有我的故乡，也就不会有我的文学。……一个作家，心中最好是装有一片土地，这样不管你流浪到哪里，疲惫的心都会有一个可以休憩的地方。在众声喧哗的文坛，你也可以因为听了更多大自然的流

---

①鲁枢元：《生态文艺学》，陕西人民教育出版社，2000，第210—211页。
②迟子建：《北极村童话》，《迟子建中篇小说集》（第一卷），上海人民出版社，2008，第1页。
③迟子建：《寒冷的高纬度——我的梦开始的地方》，《小说评论》2002年第2期，第35页。

水之音而不至于心浮气躁。有了故土，如同树有了根；而有了大自然，这树就会发芽了。……故乡和自然是我文学世界的太阳和月亮，它们照亮了我的写作和生活。"①

热爱自然的本能与对自然万物礼赞相融合，形成了迟子建质疑人类中心主义价值秩序的生态意识。几千年来，人类从自身功利主义视角出发，总是想当然地将人类视为唯一有价值的存在者，并根据自身的需要程度为万物制定生命的等级。从人类中心主义出发的生命等级划分，往往导致不必要的残忍与暴力。对此，迟子建指出："生物本来是没有高低贵贱之分的，但是由于人类的存在，它们却被分出了等级。这也许是自然界物类竞争、适者生存的法则吧，令人无可奈何。尊严从一开始就似乎是依附着等级而生成的，这是我们不愿意看到和承认的事实。"②上述思想与现代伦理学者阿尔伯特·史怀泽的"敬畏生命伦理学"完全一致："敬畏生命的伦理否认高级与低级、富有价值与缺少价值的生命之间的区分"③，坚持生态中心主义众生平等的原则，承认大自然各种生命都具有独特内在价值，对维护生态系统的平衡至关重要。这种对万物生命内在价值的承认，表明迟子建的思想中已经含有生态伦理观的因子，因而她才能与自然和谐相处，从中获取生活的温馨。在生态意识的指引下，迟子建心中的动植物和人类是同等重要的，

---

① 迟子建、胡殷红：《人类文明进程的尴尬、悲哀与无奈——与迟子建谈长篇新作〈额尔古纳河右岸〉》，《文艺报》2006年3月9日。
② 迟子建：《逝川》，长江文艺出版社，1996，第66页。
③ 余谋昌：《生态哲学》，陕西人民教育出版社，2000，第150页。

她曾自豪地说："童年围绕着我的，除了那些可爱的植物，还有亲人和动物，请原谅我把他们并列放在一起来谈，因为在我看来，他们都是我的朋友。"①自然万物如作家的朋友和亲人一样"可亲可敬"，以至于她"在喧哗而浮躁的人世间，能够时常忆起他们，内心会有一种异常温暖的感觉"②。正是在敬畏、仰慕、尊重大自然，又亲近、怜惜、关爱大自然的生态感悟中，迟子建把自己的生命自觉地注入到动植物、日月星辰、山川河流中，展示了自然生命的灵性与尊严以及人与自然万物平等相待、和谐相处的诗意境界。

二、人与自然的和谐共生

迟子建对人与自然和谐共生的生态境界充满期待，在接受采访时曾说："我向往'天人合一'的生活方式，因为那才是真正的文明之境。"③身居现代化都市的迟子建，亲历着人与自然疏离的痛苦，对人与自然和谐共生的向往使她时常梦回故乡，置身于广阔而生动的自然之中，作者自身及笔下人物便沐浴在月光、晚霞、旷野、微风之中，在与自然相

---

①迟子建：《寒冷的高纬度——我的梦开始的地方》，《小说评论》2002年第2期，第36页。
②迟子建：《寒冷的高纬度——我的梦开始的地方》，《小说评论》2002年第2期，第37页。
③迟子建、胡殷红：《人类文明进程的尴尬、悲哀与无奈——与迟子建谈长篇新作〈额尔古纳河右岸〉》，《文艺报》2006年3月9日。

融无间、心领神会的交流中，探寻人类生命存在的价值与意义，捕捉对自然万物的深层体认，人与自然和谐共生的胜景在她的笔下徐徐展开。

史前时期的人类并没有将自己与动植物区分开来，视自己为较高等级。植物不仅为人类提供重要食物，使人类获得了生存的保证，更以自身的荣枯，使人类感知生命的时态。植物的荣枯变化曾给敏感的迟子建带来最初的生命感悟："我对人生最初的认识，完全是从自然界的一些变化而感悟来的。比如我从早衰的植物身上看到了生命的脆弱，同时我也从另一个侧面看到了生命的从容。"[①] 上述根植于心灵的悲悯情怀使迟子建在书写植物时满怀深情与爱意。《额尔古纳河右岸》中的鄂温克人，依靠与树木的关系约束自己的行为，以"万物有灵"的信仰维系着人与树木及自然的生态平衡。"我们从来不砍伐鲜树作为烧柴，森林中有许多可烧的东西，比如自然脱落的干枯的树枝，被雷电击中的失去了生命力的树木。"[②] 当"我"要在一棵身上一片绿叶都没有的枯树上动斧头的时候却被制止了，因为敬畏生命的鄂温克人说它没准哪一天能复活。然而善良的金得在自杀时偏偏选择了这棵枯树，因为"按照族规，凡是吊死的人，一定要连同他吊死的那棵树一同火葬"，他不想害了一棵生机勃勃的树。《秧歌》（初载《收获》1992年第1期）中的洗衣婆把一片杨

[①] 迟子建：《寒冷的高纬度——我的梦开始的地方》，《小说评论》2002年第2期，第35—37页。

[②] 迟子建：《额尔古纳河右岸》，北京十月文艺出版社，2008，第67页。

树叶子浑然不觉地带回了家，却因怕这片落叶独处异地感到寂寞，就不计辛劳地将这片叶子送回了灯盏路。不料回来后，她却发现身上又多了一只虫子，她便又走出房门，将虫子放在巷子的地上说："你走吧，想去哪里就去哪里。"①《日落碗窑》（初载《中国作家》1996年第3期）中的土地是慈祥而丰饶的母亲，神态各异的孩子被她揽在怀里："土豆长成了，一个个圆鼓鼓的白脑袋拱在黑土里，拼命汲取养分，为出土做着准备工作。那些被留作籽的垂在架底的豆角，皮一天天地干瘪起来，肚子里一粒粒的籽却渐渐胀起来，跟女人怀孕没什么区别。最值得看的是朝天椒，它们被充足的阳光给晒红了，一个个撅着可爱的小嘴看着天，娇艳异常……"②

从生态伦理学的角度来看，"人类与自身之外的其他动物达成信任和解，并非人类对动物的恩赐，也不仅仅是人类缓解生态危机的策略，而是人的内在需求，一种超越现实功利的渴望，一种充满敬畏之心的信仰，一种趋向完美完善的自我塑造"③。迟子建与动物有着难分难解的情缘，在所有的动物中，她最为钟爱的莫过于狗了。《北极村童话》中有一条叫"傻子"的充满灵性的狗，"傻子"既威猛又重情义，它是女孩迎灯（迟子建的乳名）的亲密伙伴，它的灵性和善解人意给寂寞的迎灯带来了许多童年的欢乐。当迎灯不得不

---

①迟子建：《秧歌》，《迟子建中篇小说集》（第二卷），上海人民出版社，2008，第44—45页。
②迟子建：《日落碗窑》，《迟子建中篇小说集》（第四卷），上海人民出版社，2008，第104页。
③鲁枢元：《精神守望》，东方出版中心，2004，第157页。

乘船离开故乡时,"傻子"奋力挣断了锁链,"带着沉重的锁链,带着仅仅因为咬了一个人而被终生束缚的怨恨,更带着它没有消泯的天质和对一个幼小孩子的忠诚,回到了黑龙江的怀抱"[①]。《逝川》(初载《收获》1994年第5期)中的渔民每年都在初雪之夜耐心地守候在逝川旁,捕捞会流泪的蓝色泪鱼,当这种神奇的鱼被捕捞上来后,渔妇们就赶紧把它们放到硕大的木盆里,像安慰受了委屈的孩子似的一遍遍说着:"好了,别哭了",然后再把得到人间温暖的鱼儿放回河中。《雾月牛栏》(初载《收获》1996年第5期)中的小牛卷耳,初次见到阳光时"歪着头,无限惊奇地看着屋外飞旋的阳光。宝坠拍了一下它的屁股,说:'出太阳了,快到外面去玩吧。'卷耳试探着动了动蹄子,又蓦然缩回了头。宝坠这才想起卷耳生于雾月,从未见过太阳。阳光咄咄逼人的亮色吓着它了。宝坠便快步跨过门槛,在院子里踏踏实实地走给卷耳看,并且向它招手。卷耳温情地回应一声,然后怯生生地跟到院子里。卷耳缩着身子,每走一步就要垂一下头,仿佛在看它的蹄子是否把阳光给踩黯淡了"[②]。迟子建借卷耳、阳光、宝坠,把自然万物间隐秘的生命联系写得如诗如画。"生态文学作家努力建构的生态主体性及生命主体性,是把道德关怀由人及人性的关怀,延展和覆盖到整个生

[①] 迟子建:《北极村童话》,《迟子建中篇小说集》(第一卷),上海人民出版社,2008,第46页。

[②] 迟子建:《雾月牛栏》,《迟子建文集》(第3卷),江苏文艺出版社,1997,第350页。

态及自然生命的关怀。"①

三、自然"复魅"中的现代性反思

生态批评认为："在属于现代性话语谱系的人类中心论神话中，人类是地球上唯一的主体，需要通过'使自然人化'来改造、解放、照亮人之外的领域。正是这种改变、塑造、控制万物的冲动消灭着世界的多样性，造成了'自然之蚀'乃至'自然之死'。要克服人类中心主义和相应病症，就必须创造出每种生命都能获得倾听的话语平台。"②随着人类自然观从原始社会到现代工业文明的演进，自然在人的话语世界中日益演变为沉默无声的客体，成为仅供人类实现自身目的的工具。这与人类早期文化中被视为"可以言说"主体的自然观有着本质的不同。那时的自然万物都有自身的守护神，人类对自然充满敬畏，这种泛神论文化内涵的自然观为当今人类反思现代工具理性影响下肆意破坏自然的行为提供了一个参照系。迟子建以诗性的语言叙述了人与自然由相融走向疏离的历史，《关于家园发展历史的一次浪漫追踪》（《天津文学》1990年第6期）开篇即写道："我不知道我的

---

① 张艳梅：《文化伦理视阈下的中国现当代小说研究》，中国社会科学出版社，2012，265页。
② 王晓华：《后现代主义话语谱系中的生态批评》，《文艺理论研究》2007年第1期，第110页。

祖辈人是以怎样的美德感动了森林，使得森林割让出这么一块地方，让他们屠戮自己，纵容他们建筑房屋。第一座房屋的踪迹同第一缕炊烟一样难以寻觅了，但房屋的后代却整齐匀密地存在着。"①简短的话语却诉说了人类"掠夺自然，屠戮自然"的血腥历史。"黑龙江的鱼在最近十几年来一直非常稀少，不知是江水越来越寒冷呢，还是捕捞频繁而使鱼苗濒临死绝的缘故。人们守着江却没有鱼吃已经不是什么危言耸听的事了，而一条江没有了鱼也就没有了神话，守着这样一条寡淡的江就如同守着空房一样让人顿生惆怅。"②《白银那》（初载《大家》1996年第3期）中的乡民在"空虚的山峦"和"苍老的河流"面前，提着空网站在萧瑟的江岸上摇头叹息。《晨钟响彻黄昏》（初载《小说家》1994年第5期）是迟子建唯一一部城市题材的长篇小说，作者借主人公刘天园之口反思了自然"祛魅"缺席后，现代都市人性异化的现实："这个干枯的消失了河流、泯灭了水草的城市，它现在正坠落在绵绵不绝的黑夜中。我们都是黑夜中的人。没有月光、星光，没有树影、鸟啼，有的只是暗夜行路的人屡屡相撞的声音和人心底深深隐藏着的对光明的渴望。"③

（原载《华夏文化论坛》2014年第1期）

---

①迟子建：《关于家园发展历史的一次浪漫追踪》，《迟子建文集》（第三卷），江苏文艺出版社，1997，第173页。

②迟子建：《白银那》，《迟子建中篇小说集》（第四卷），上海人民出版社，2008，第3—4页。

③迟子建：《晨钟响彻黄昏》，江苏文艺出版社，1997，第110页。

扎根现实生活，反映社会人生
——第三届吉林文学奖中短篇小说创作述评

近年来的吉林文学创作坚持扎根现实，以反映社会的现实主义、写实主义为主调，形成了多彩而富于生气的局面。众多作家通过作品表达对文学的守望，一部部来自生活的作品在引发我们感慨的同时，也预示着吉林文学丰收期的到来。党的十八大报告在阐述扎实推进社会主义文化强国建设时，特别讲到要"坚持百家齐放、百家争鸣""发扬学术民主、艺术民主"，建设面向现代化、面向世界、面向未来的，民族的、科学的、大众的社会主义文化。2012年第三届吉林文学奖中短篇小说创作就鲜明地体现了贴近实际、贴近生活、贴近群众的原则，吉林作家把自己的良知化成手中的笔，写尽这片黑土地上的浮华故事。他们笔下，或是都市的虚无、或是乡村的苦难、或是小人物的传奇、或是女性的坚守，但都勇于直视社会的矛盾，将小说真正地扎根于现实生活，反映社会人生及人物的心灵变迁，为建设具有中国特色、民族气派、吉林风格的文学事业执着地努力着。

一、女性坚守的深情讴歌

女性在文学中一直是备受关注的对象，与在社会结构中居主导地位的男性相比，女性在家庭、社会、情感等方面更容易受到来自男性或社会的伤害。东北女性素以性格泼辣、直爽豪放著称，但金昌国的小说《辣白菜》、龚冰的小说《致命伤》、于德北的小说《美丽的梦》却表现了新世纪的吉林女性以天性的善良、坚韧的个性以及丰富的生活智慧在世俗社会中保全家庭兴旺，坚守自己信念的顽强生命力。

《辣白菜》以细腻的笔触为读者塑造了一个中国式的贤妻良母形象。女主人公明淑的身上虽然承载着几千年中国妇女坚韧、勤劳的美好品质，却又不再是只会一味顺从忍气吞声的"怨妇"，而是有着在日常生活中形成的生活智慧。她努力承担起养家糊口的男性职责，却尽量不伤害丈夫的自尊；在生活小事上，她处处顺着丈夫的心意，却在人生大事上听从自己的内心；她处事冷淡平静却不是无原则地退让……小说没有波澜起伏的故事情节，作者在最简单的平民化的生活场景中，不仅还原了一个清爽、活泼的朝鲜族妇女形象，更是展现了贤良淑德、吃苦耐劳、隐忍坚强、勇挑重担的中国东北农村劳动妇女的形象。千百年的传统教育使这些农村妇女逆来顺受，但生活却使她们总结出一套自己的人生哲学，不仅依靠着这套人生哲学在男性居主导的家庭中生存，更赢得自己独立自主的生存地位。《辣白菜》没有那种刻意起承转合的结构，也没有明显预设的高潮或结局，透过那种无形而又弥散的生活形态，作者准确地写出生活对生命的缠绕和刮擦，写出简单琐碎的生活给心灵带来的疼痛和迷惘、失望与悲观。使无所事事的丈夫幡然醒悟，更使读者感动的，不是那一巴掌，而是在寒冬腊月里明淑通红着双手腌制辣白菜的过程。

相较于《辣白菜》中具有坚忍生存哲学的乡村妇女明淑，《致命伤》着力塑造了一个勇于挑战世俗、独立自主的都市知识女性形象。《致命伤》讲述的是一个平凡教师的故事：学生的父亲因受贿锒铛入狱，母亲跳楼，奶奶突发脑溢血住院，作为老师的范晓红只好暂时把无人看管的孩子接到家中，等待事件平息后再做他议。但入狱家长曾是她初恋情人的事实却使做老师的她左右为难。同事们误解她，学年组长莫名其妙地挤对她，最糟糕的是丈夫因知道了这件事，无法容忍而拂袖出走，竟终至离婚。但范晓红还是勇敢地面对一切流言蜚语，决心把学生杨晓杨带到身边照顾，直到其父亲出狱。小说塑造了一个勇敢坚强的女性，但是为了这份勇敢与善良，她甚至赔上了自己的婚姻。事实上，如果是一个男性身处范晓红的境况，他的所作所为带给自身更多的应该是有情有义的赞扬声，但问题是，何以女性却因此受到诘难？小说实际上是让读者思考究竟是什么造成了女性的"致命伤"？

除了家庭与社会外，女性情感，特别是残障人士的情感也得到了作家的关注。小说家于德北以一种平民化的价值观、伦理观以及平民的心态、平民的眼光、平民的语言，来讲述他的平民故事、平民日子和平民情感。小说《美丽的梦》塑造了一个身体残疾，但情感洁净、高尚的善良女性。这是一个为爱情付出自己所有的伟大的女性。双腿残疾的梅和店中帅气的帮工相爱了，但两人健全与残缺的差异及相差十岁的现实，却使梅设身处地为小伙子考虑。为了不耽误其前程，梅忍痛结束了这段爱情，并倾尽全部积蓄为自己的爱人开了一家文具店。在当下物欲横流，金钱异化，视男欢女爱为儿戏的作品甚嚣尘上之时，《美丽的梦》却写出了一种处于社会底层平民之间，特殊的、感人肺腑的纯情，这情感清新、洁净、纯美而高尚。作者的笔触充满善与温柔：只写及梅对恋人强烈的爱慕之心，却不写梅的无奈、孤独与伤感。或许标题已经点明了梅的心思：就把这短暂的爱情当作美丽的梦封存起来吧。

二、小人物内心痛楚的直视

小人物的生存之痛是最让人无言以对和无可奈何的，他们往往因为无力把握现状和改变命运而显得孤独无助、渺小可怜。在中外文学史上，小人物的人生际遇一直是作家描写与把握的对象，通过对其内心强烈呐喊的关注，作家寄予了深沉的人道主义关怀，不仅显现了对其命运的思考，更表达了对社会的批判。江北的《狗肉老徐》、胡西淳的《佛手》、孙学军的《刑警队长》就是这方面的代表作。

《狗肉老徐》是近年来非常精彩的一篇描写社会底层小人物的小说。小说的主人公老徐是研究所雇用的一名烧锅炉的临时工。知识分子扎堆儿的单位与乡下进城打临时工的农民老徐之间的思想意识、生活状态的矛盾和冲突也就此展开，但是矛盾真正的爆发却是在对待一条狗的态度上。老徐不招人待见，可他养来看家护院的土黄狗却赢得了单位人一致的喜爱，由此可见"人不如狗"。单位有些剩饭菜都愿意留给这条狗，因为这条狗是老徐的，所以单位人就径直喊狗为"老徐"。当锅炉工发觉人们喊"老徐"并不是叫他，而是在叫狗时，他"内心觉得自己受了侮辱，觉得楼里的人不把他当人。这种想法一出，埋在心里多年的坚韧化成了怨，这怨越积越多，看狗的眼睛里有了寒意，有了毒，有了不寒而栗的阴沉"。终于，在得知他要被单位解聘时，心中的愤恨达到极点，他当着单位人的面将狗杀掉，换来一片惊恐。小说令人心悸的震撼力量产生于独特人物老徐的塑造。老徐开始时的世故或许令人厌恶，但却是出于自身生存的需求，无可厚非，特别是对其身世背景的介绍，令人心生怜悯。可后来老徐的转变却令人目瞪口呆，他变得残酷、不近人情，并将所有的愤恨发泄在狗身上。但是细细品味，却能读出小人物老徐内心的巨大压抑。作为"人"的老徐，在知识分子眼里却不如一条"狗"，大家对狗"老徐"的关爱远远超过

新世纪文学的历史现场

对人"老徐"的关注，但这还未使人"老徐"的性格走向激变，真正促使其发生"逆转"的是单位的人竟然给狗取和自己同样的名字，在那些知识分子眼里，"我还不如一条狗"，这不仅是底层小人物发自内心的哀鸣，更是让我们为之心灵震颤的悲怆呼号。这样的内心独白，戳穿了文化人平等及尊重生命的谎言，将知识分子的虚伪暴露于光天化日之下。结尾的"屠狗"触目惊心，却又意味深长。小人物老徐虽然深感现实社会对自己的伤害，但他却无力反抗，转而将自身所有痛苦与仇恨发泄到比自己还弱小的生物上，以求得所谓"解脱"，这才是小人物更大的悲哀。

与江北不同，胡西淳所关注的多是处于历史传奇中的小人物。《佛手》是一篇具有历史感的底层小人物的奋斗悲剧。主人公佛手的父亲"麻杆儿"以捡破烂为生，但凭借自己的聪明，偶悟锁道，修锁、开锁的技艺远近一绝，后因被推荐到日本租界开锁于解放后被当作汉奸入狱。出狱后，在同行竞技时为张来顺所骗，含恨而死。儿子佛手虽自幼手残，但立志继承父业，技艺青出于蓝，后在外国友人帮助下以开门铺修锁为生。来润锁业董事长张来顺挤垮其他同业，再摆擂台。为了替父报仇，佛手以任何一方输了都要退出江湖为赌约与之下了挑战书。但张来顺暗施诡计，企图以内部被焊死的紫铜元宝锁取胜，佛手通过掉包计打开了这把"死锁"，替父报了仇。张来顺因赌局失败公司元气大伤，跳楼自尽，佛手也因暗中偷换假锁，坏了江湖规矩，切断右手食指，决心永不开锁。佛手与老徐都是底层社会中受伤害的小人物，他们寄希望于通过自己的勤劳改变命运，但最终总是归于失败。与老徐不同，佛手对于践踏自己生命尊严的人采取的是奋起反抗的态度，尽管最后鱼死网破，却也无怨无悔。但老徐的转而向狗泄愤，更能体现出底层小人物内心的无奈与辛酸。

孙学军的《刑警队长》初看像是官场小说，但仔细品读后，在刑警张恒武身上读者也能看到小人物被无常命运捉弄的无奈。张恒武的职业是警察，但脱下警察制服，他就是一个普通人，有着普通人的优点和缺点。他本分地工作着，迟疑地爱着，隐忍地焦灼着，默默地争取着，但最后命运却和他开了个玩笑，让他的期望落空。就像小说中说的，本来不想这个官职的，但是突然落到你的头上，就想去争取了。当众多的希望交织在一起，尤其当某种目的标杆般地树立在那里时很少有人会置身事外，于是伴随着追逐和渴求，内心的挣扎就开始了，即使是淡定如张恒武也不例外。但是在真实的生活中，小人物很难把握自己的命运，而且基于普遍的生活经验，在面对无力改变的事实面前，一个正常人在短暂的情绪起落之后大多会选择释然和放弃。所以张恒武在知道自己不能当上大队长后并没有太大的情绪波动，反而有种轻松的感觉。因为张恒武并不是一个觊觎者，他只是一个有良知和责任心的警察，虽然他也曾动摇、怀疑过，但始终还在坚守着某种信念，即便这种信念并未明确。张恒武是一个非常真实的小人物的形象，也是非常贴近生活的小人物，作者并没有刻意地变形和夸张来增强这个人物的艺术感染力。

三、欲望年代心灵危机的探究

现代社会的常态生活潜伏着人类的巨大焦虑与困惑，因而作家在写作上更注重个人经验，更愿意采取反观或内省的姿态，查询亲情伦理和人性欲望的隐秘与变异。朱日亮的小说《暗账》、王怀宇的小说《都市鸽群》和高君的小说《渐入佳境》执着地在欲望都市中找寻引起都市人心灵危机的根源。

《暗账》是典型的都市小说。主人公李玉是一个洁身自爱的妙龄女子，渴望在繁华的都市中有立锥之地。她虽然住在公司老总老普的房子里帮他做暗账，却拒绝老普的求爱，保有自己物质与精神的独立追求。可二人酒后乱性，糊涂地沦为老普的"小三"。物质条件虽得以满足，但年迈的老普不能满足李玉的欲望需求，在偶然的机会中，李玉和老普年轻力壮的司机于伟相识，两人偷情不断。最后被老普发现，李玉等待着狂风暴雨的到来，但是老普不但原谅了他们，还资助他们开了一家超市。李玉后来明白，于伟只不过是年轻的老普，对于她来说，和于伟在一起，迟早也是和现在的老普在一起的模样，于是她开始心安理得地和老普过起了日子。这篇小说把资本这一元素引入文学创作，探讨在资本社会下人性的迷失与危机，具有深刻的警醒意义。

另一篇描写都市生活的小说是王怀宇的《都市鸽群》。主人公有一种精神流浪者的气质，他对生存的现实有强烈的异己感，却无奈地陷入想象性超越与世俗诱惑之间的生存迷局。"我"在被女友琼子抛弃后,陷入非常迷茫和无聊的状态,像个幽灵一样游荡在与自己格格不入的都市。"我"没有欲望写小说,也不想重新谈恋爱,对工作也敷衍了事,每一天过得和流水一样平静,却在某天突然醒悟。小说中这种心灵的空虚,不仅仅是因为女友的离去,更多的是对诗意生活离去的慨叹。小说中反复出现"鸽群"的意象,实际上是作者诗意迷失的象征,作家也正是在对诗意追寻和迷失中建立起对都市文明的批判与诘难。

《渐入佳境》是高君一篇独特的都市生活小说。小说主线由主人公罗兰偶然的一次说谎开始,不可思议的是,主人公罗兰由此一步步深陷谎言之中,身不由己,欲罢不能,仿佛被一只看不见的大手牵引与掌控,故事因此向一个看不见的深渊滑进。小说副线是主人公罗兰的一些人生片段——大学时光、恋爱、失恋及在城市打拼等,看似是主人公的人生履历,实则展现的是主人公的心路历程,并由此完成了主线和副线的有机交融,同时把荒诞的故事在不知不觉间导向合理。最终,小说完成了神奇的飞跃——由谎言导致的不得已"卖肾"到最终把肾捐给了一个穷教师——完成的不只是主人公的灵魂救赎,更深刻地揭示了一个人精神的演变和成长。在写法上,小说颇具意识流意味,但作者布局巧妙,没有将故事流于日常生活的琐碎叙事,而是在故事中升华出人生哲理。罗兰是一个有思想的人,但是对金钱的欲望,对无聊都市生活的厌恶,对周围人事的失望,让他明白了写作的无用处,便渐渐放弃了思考和文学,但这次有意味的谎言反而让罗兰找到了生活的真谛。

四、乡土生活的此岸与彼岸

吉林是一个农业大省，乡土生活一直是文学表现的重要领域。随着城市化进程的不断推进，越来越多的乡村记忆正在消失，乡村与城市的矛盾也在凸显。郝炜的小说《卖果》、景凤鸣的小说《天尊院》展现了传统的乡土生活方式、思想意识正在被逐渐改写的进程。对于作家而言，乡土生活描写不仅指向现实，更是吉林作家的精神家园及灵魂归宿，吕明辉的小说《遥远的眼睛》体现了乡土情感的纯洁与静谧及对人心灵的净化。

短篇小说《卖果》凸显了乡村经验与城市生活的冲突。小说没有常见的戏剧性情节，更没有花样翻新的技巧，围绕卖果这个日常事件，讲述父子之间的代际冲突，这种冲突源于两代人之间的情感、经验、尊严及观念的差异。传统的乡村父亲与现代的城市儿子之间，显然有了彼此无法理解的内心世界，但这种情感冲突并没有像火山爆发时一样强烈，更像微风拂过水面必有波澜一样自然，冲突的化解则源于父子之间特殊的血缘亲情，对彼此的爱包容了一切的不和谐。小说在展现"提前取果""果窖搬果""如何吃果"的三次冲突过程中，也体现了父亲对儿子的情感是从不信任到佩服的发展过程。父亲是逐渐去理解儿子的城市生活观念的，但儿子并没有理解父亲内心隐秘的乡村世界，所以父子之间冲突的化解，更多的是以父亲宽容式的内省结束的，虽然体现了博大的父爱，但并没有从根本上加以解决。

同样是写乡村生活，景凤鸣的小说《天尊院》则是一部以孩子的视角审视大人世界的"成长小说"，乡情的寡淡与家庭的压抑在小说中体现得尤为突出。小说以第一人称的口吻徐徐展开，年幼的"我"被父母从东北城里送到山东乡下的一个叫"天尊院"的村子里，与祖父母生活在一起。在这里，主人公"我"早早地担负起沉重的农活，既处处畏惧于祖母的威严又时时体验着孤独与寂寞，仿佛整个"天尊院"的人事环境是一个陌生而异己的存在。"天尊院"的家于"我"而言，不是包蕴着关怀与呵护的所在，而是充满了如履薄冰般的惶恐之地。最后，"我"不顾祖母的阻挠，跟随下乡探亲的母亲坐上了返回东北的火车，一种解脱于桎梏而奔向新生活的喜悦之情跃然纸上。但小说开头成年"我"的独白，实际上暗示了少年费力挣脱家庭桎梏的失败。小说中，最令人刻骨铭心的就是成人世界对幼小心灵的磨损，仅仅是在捡鸡蛋这件小事上，"我"也要学会讨巧，赢得祖母的欢心。有时候更要学会左右逢源，不得罪家庭中的任何一方势力，小小的"我"已然被乡村大人世界的污浊所污染。更为讽刺的是，将"我"从天尊院的桎梏中解脱出来的不是父母，而是"我"的哥哥，因为只有他真正理解了"我"的心灵苦难，不仅来自繁重的农活，更来自冷漠的家庭关系，在哥哥的身上，"我"学会了反抗大人的世界，也因此获得了自由的机会。作者对乡村生活的记忆更多的是苦难，而且终其一生也摆脱不了这种苦难带来的桎梏。

如果说《天尊院》描写了乡村生活的苦难记忆及冷漠亲情，吕明辉的小说《遥远的眼睛》则讲述了感人至深的乡村凄美爱情故事。蚕丫和李鲁东都是情窦初开的青年，二人之间淡淡的情愫在美丽宁静的乡村野外显得格外纯洁，但还来不及将那一段情说出，李鲁东便牺牲在越南战场，只留给蚕丫一把亲手打磨的铝梳和一段未了情。在这里，乡村世界是纯洁爱情诞生的摇篮，留给读者的是静谧与美好，正是这样的乡土世外桃源，衬得那一段情格外真挚、感人。相对于都市的欲望化情欲展现，作家对真情及乡土的依恋跃然纸上。

十二部获得第三届吉林文学奖的中短篇小说，经过评委的精挑细选，代表着目前吉林中短篇小说较高的创作水平。朱日亮、郝炜、景凤鸣、高君、王怀宇、金昌国、江北等的小说创作构成了"新世纪吉林中青年文学创作群体的基本图景"。中国的巨变使我们正在经历一个需要文学表达的时代，吉林小说家正以其独特的地域风貌、创作视角、文学感悟，日渐受到全国文学界的关注。

（原载《吉林日报》2013年1月17日）

后记

作为学术成长记录的新世纪文学研究

《新世纪文学的历史现场》遴选了2010年至今我撰写的重要评论文章，体现了我的新世纪文学研究的心路历程。论文集中的大部分文章曾在期刊、报纸上发表，但由于篇幅的限制，多经删减后刊载，妨碍了思想表述的深化。本次出版，基本恢复了删改前的原貌，反映了我对新世纪文学史理论建构及文学现象的解析与思考。论文集共分四辑，具体呈现如下：

第一辑：文学史理论（3篇），侧重对文学史形态整体现象考察。《茅盾文学奖与当代文学史现场》阐述文学奖项设置与当代文学创作潮流及文学史现场建构。《新世纪社会转型与底层写作、生态文学的兴起》，论述新世纪以来社会转型进程中，文学参与社会建构的两种姿态：生存视角下对底层生命的关注及生态视域中对生命整体观、经济发展观的反思，体现了文学从"人学"到"生命学"的深化与超越。《从"激情呐喊"到"诗意栖居"——生态文学的社会功用与诗性智慧》，结合生态戏剧的发展论述新世纪生态文学的社会功用与诗性智慧。生态文学表达了人与自然和谐共存的现实愿望及"诗意栖居"的生活理想，既是作家"关心自我"存在方式的体现，更是人"诗意生存"理想的呈现，显现了"诗""思""史"三者融合的文学品格。

第二辑：评论现场（2篇），为新世纪重要作家作品的美学倾向（莫言）、创作转向（余华）的文本解读与文学史地位评述，不仅多刊载于重要学术期刊，体现了文学研究的时效性，更显现了我对新世纪文学现象及作家文学史地位的关注。

第三辑：海外汉学（2篇），收录了我从事国家社科基金项目"借鉴与反思：新时期欧美汉学与现当代文学研究"（项目编号：13CZW081）的相关论文。《海外中国现当代文学研究与大陆文学史研究范式的转向》以夏志清、李欧梵、王德威及唐小兵几位作家的文学作品为例，分析欧美汉学对大陆的文学史研究范式变迁的推动作用：由"革命"范式转向"现代化"范式，再到"现代性"范式。《全球化时代的"文化自觉"与"五四"重释——张旭东"五四"论述的方法与启示》探讨了在新世纪中国崛起备受瞩目、中国道路广受热议、文化自觉诉求日益凸显的背景下，在更为宽宏的视野与语境中张旭东的"五四"论述的全新意蕴。面对汉学热，正确的态度是在吸收借鉴的同时进行深刻的反思，在中西现当代文学研究碰撞中寻找新的学术增长点，这也正是此项国家社科基金研究的意义指向。

第四辑：东北文学（3篇），内容为对东北文学创作及文学现象的评论研究，具较强地域性，是"学术还乡"的重要组成部分。其中既有对东北文学与文化的宏观研究：《与大自然共生共存——新时期东北地域小说生态意识的演进》，又有《扎根现实生活，反映社会人生——第三届吉林文学奖中短篇小说创作述评》的总结与展望；还有《自然"复魅"与现代性反思——迟子建小说的生态意识》对作家作品的分析与解读，希望能对东北文学创作与研究尽绵薄之力。

新世纪文学现象与文学评论不仅是贯穿文集四辑的核心线索，也是我一直关注的学术话题。作为个人学术成长的记录，文集中的文章和观点在《光明日报》及《文艺争鸣》《当代作家评论》《当代文坛》等报刊、杂志刊载，受到学界评论家、师长、亲朋们的好评与鼓励。新世纪以来，随着社会转型，创作环境日趋复杂，文学现象日渐丰富，现当代文学研究日益多元，相比之下，这部文集只是我个人学术研究的一点浅见，不当之处，恳请同行专家、学者批评指正。

感谢吉林省作家协会副主席、《作家》杂志主编宗仁发先生，"高山仰止，景行行止"，虽不能至，心向往之。

他对后学的提携与关爱不仅使我受益良多，更坚信学术的意义，树立了为之求索终生的理想。感谢恩师吉林大学刘中树先生、辽宁师范大学张学新教授及东北师范大学现当代文学专业全体教师，作为我的师长、同事，作为我个人学术研究历程的见证者，你们铭记了我的努力与成长，内蕴的深情厚谊值得我一生珍藏！

吴景明

东北师范大学中国文学研究所

2020年10月31日